Oktober 1998

Das Volkskundemuseum von *Dietenheim*

Il museo etnografico di Dietenheim

The Museum of Local Ethnic Traditions at Dietenheim

Criteri adottati in questo libro per i nomi di località. Nel Sudtirolo i nomi tedeschi di località risalgono al primo medioevo, ai tempi della immigrazione dei Baiuvari. Tuttavia se la precedente forma retoromana o la dizione italiana è comprovata da vecchi documenti, in questo libro la si riporta insieme a quella tedesca (per esempio Bolzano–Bozen).
Lo stesso criterio si adotta pure per i 116 Comuni della Provincia di Bolzano. Tutti gli altri nomi di località vengono riportati unicamente nella forma tedesca tramandata attraverso i secoli, usata dalla popolazione locale e corrispondente quasi sempre a quella delle carte geografiche.

Casa Editrice Athesia

1997

Traduzione italiana: Prof. Iginio Conci
English translation: Dr. Rudolf Behrens
Gesamtherstellung: Athesiadruck, Bozen
ISBN 88-7014-939-0

Hans Grießmair

Das Volkskundemuseum von *Dietenheim*

Il museo etnografico di Dietenheim

The Museum of Local Ethnic Traditions at Dietenheim

Fotos Hubert Walder

VERLAGSANSTALT ATHESIA · BOZEN

Zum Geleit

Wir wollen mit diesem Bildband den Leser und den Besucher zu den Grundgedanken der Museumsarbeit hinführen und ihm unsere Absichten, also die Leitlinien dieses Museums in Dietenheim, erläutern. Die wichtigsten Sehenswürdigkeiten werden in Wort und Bild vorgestellt. Besonders hervorgehoben werden die Geschichte des Ansitzes Mair am Hof und die geringe, aus besseren Tagen herübergerettete künstlerische Ausstattung des Herrenhauses. Auch darf ein zusammenfassender Hinweis auf die alten Lebensformen und auf den Stellenwert der Arbeit nicht fehlen.

Das volkskundliche Museum eignet sich ganz besonders, den Alltag des einfachen Volkes, insbesondere des Bauernstandes, in Sachzeugnissen darzustellen. Der schlichte Hausrat, das grobe Werkzeug überwiegen, die Volkskunst mit ihren lieben, raren Dingen tritt in den Hintergrund.

Über dieses Buch und durch dieses Museum sollen möglichst viele Menschen ungezwungenen Zugang zur versunkenen und versinkenden Welt unserer Väter oder zur eigenen Jugendzeit finden.

Introduzione

Il museo degli usi e costumi della Provincia di Bolzano venne fondato nell'anno 1976 e ha la sua sede a Teodone presso Brunico. È un museo etnografico, parzialmente all'aria aperta.

Il centro del museo è il maso padronale «Mair am Hof», una delle quattro masserie di Teodone.

La residenza signorile dà testimonianza del modo di vivere dei signori. Accanto ad esso doveva sorgere il maso tipico del contadino tirolese che gestiva il suo podere con intendimenti di autosufficienza; la casetta del piccolo colono, ossia dello strato più basso, ed infine le opere più importanti della tecnica popolare come mulini, fucina ecc.

Un giro contemplativo attraverso questo museo può ricondurre i nostri pensieri alle radici dalle quali moltissimi di noi traggono origine, cioè dal ceto contadino.

Landesrat Dr. Bruno Hosp
Präsident des Verwaltungsrates

Assessore Dr. Bruno Hosp
Presidente del Consiglio Amministrativo

I

In der zweiten Hälfte des 19. Jahrhunderts begann in Europa eine Entwicklung, die zur Wurzel sowohl der zahllosen Heimat- und Volkskundemuseen als auch der Freilichtmuseen wurde.

Es war ein romantischer Gedanke, der unter dem Einfluß zunehmender Industrialisierung ein Nachlassen und Schwinden der schöpferischen Kraft des »Volksgeistes« glaubte feststellen zu können.

Diesem bedenklichen Kulturverlust wollte man durch die Gründung regionaler und nationaler Volkskundemuseen vorbeugen oder abhelfen. Hier sollten vor allem die Handwerker am alten Formenschatz des Volkes anknüpfen und ihren Geschmack bilden können.

Das älteste Museum dieser Art auf deutschem Boden ist das vom berühmten Rudolf Virchow 1889 in Berlin gegründete Museum für Deutsche Volkstrachten und Erzeugnisse des Hausgewerbes, das später in »Museum für Deutsche Volkskunde« umbenannt wurde. Bei solchen Gründungen stand – nach den Worten von Eduard Hoffmann-Krayer – das Bemühen im Vordergrund, »die letzten Überreste vergangener Kulturepochen zu sammeln und in die Scheune zu bringen, bevor auch sie von der Sturmflut internationaler Zivilisation für immer weggeschwemmt sein würden«. Die Sorge um den Verlust von Stammeseigenheiten ist hier deutlich herauszulesen. Das Österreichische Museum für Volkskunde wurde 1895 ins Leben gerufen, um eine zentrale Pflegestelle für Erforschung und Darstellung des volkstümlichen Kulturbesitzes, des »naturwüch-

I

Nella seconda metà del secolo diciannovesimo cominciò a manifestarsi in Europa quella tendenza, che diede poi origine sia ai numerosi musei regionali e delle tradizioni popolari come pure ai musei all'aperto.

Era un'idea romantica, che, di fronte alla crescente industrializzazione, credeva di poter arrestare l'affievolirsi e il venir meno dell'energia creativa dello spirito popolare. Si voleva prevenire e porre rimedio a questa inquietante perdita di cultura attraverso la fondazione di musei degli usi e costumi sia regionali che nazionali.

Qui, soprattutto, gli artigiani dovevano trovare la possibilità di riallacciarsi ed attingere all'antico tesoro di forme primitive popolari; qui essi dovevano poter formare il loro gusto. Il più antico museo di questo genere su suolo tedesco è il «Museo delle foggie di vestire popolari tedesche e dei prodotti dell'industria domestica», fondato dal famoso Rudolf Virchow a Berlino nell'anno 1889 e ribattezzato più tardi con il nome di «Museo del folclore tedesco».

Con queste fondazioni di musei ci si sforzava principalmente, come bene dice Eduard Hoffmann Krayer, di «raccogliere gli ultimi resti delle passate epoche culturali e di metterli al riparo, prima che essi venissero spazzati via per sempre dalla mareggiata della civiltà internazionale moderna».

Leggendo queste parole, si avverte chiaramente una profonda preoccupazione per la perdita di pecularità di stirpe. Il «Museo austriaco degli usi e costumi popolari» fu fondato nell'anno 1895, come centro per la ricerca e l'il-

I

A development began in Europe in the second half of the 19th century which became the root of countless home-science, folklore, as well as open-air museums. It was a romantic thought which, under the influence of a growing industrialisation, seemed to detect a slackening and dwindling of the creative power of the people's spirit. In order to obviate or alleviate this serious cultural loss regional and national foklore museums were established. Craftsmen in particular were meant to recall the people's age-old treasures of form and to develop their taste. The oldest museum of this kind on German soil is the "Museum of German Native Costumes and Homemade Products". Founded in 1889 in Berlin by the famous Rudolf Virchow, it was later renamed "Museum für Deutsche Volkskunde" (Museum for German Folklore). The endeavour which stood in the foreground when founding such museums was, in the words of Eduard Hoffmann-Krayer, to harvest the last remnants of past culture periods and to bring them into the barn before these too would be swept away for good by the flood of international civilisation. The concern for loss of tribal idiosyncrasies can clearly be discerned. The Austrian folklore museum was established in 1895 to create a central point for research and display of popular cultural assets, the natural national customs. The Tiroler Volkskundemuseum (Tyrolean museum of popular art) was established in 1888 or 1903. It was deliberately intended to provide

sigen Volkstums« zu schaffen. Das Tiroler Volkskunstmuseum, 1888 bzw. 1903 gegründet, sollte bewußt den Schmieden, Schlossern, Gürtlern usw. wertvolle Anregungen für ihre Arbeiten geben.

Aus gleichem Nährboden erwuchs der Gedanke des Freilichtmuseums. Das erste wurde 1891 in Skansen bei Stockholm eröffnet; sein Begründer war Artur Hazelius, von dem der vielzitierte Satz stammt: »Es kann der Tag kommen, da all unser Gold nicht reicht, uns ein Bild von der entschwundenen Zeit zu formen.« Daraus spricht das Empfinden fast schon verspäteten Einsatzes für die materiellen Bereiche versinkender Volkskultur. Erst diese Sorge schafft in der Öffentlichkeit die Bereitschaft und die Bedingungen für eine Museumsgründung.

Zu den alten, seit vielen Jahrzehnten im Lande bestehenden Museen kamen in den letzten Jahren Neugründungen, die sich vor allem aus der großen Umwandlung der Arbeitswelt ergaben, z. B. das Grödner Heimatmuseum, das Landwirtschaftsmuseum Brunnenburg oder auch das Südtiroler Weinmuseum, bei dessen Zehnjahresfeier der Gedanke gefaßt wurde, auch ein »Brotmuseum« zu errichten. Damit sollte vor allem dem Verlust an Sachgütern, an Hausrat und Arbeitszeug, entgegengewirkt werden.

Initiativen zur Gründung dieses gewünschten Brotmuseums gingen zuerst von den Bereichen Landwirtschaft in der Landesregierung aus. Unter den Wegbereitern und Werbern ist der leider zu früh verstorbene Sprengeltierarzt von Sand in Taufers, Dr. Georg Nothdurfter, zu nennen. Eine Gruppe von Fachleuten überprüfte im Auftrag der Landesregierung mehrere Stand-

lustrazione del patrimonio culturale popolare, ossia del primitivo spontaneo folclore.

Il «Museo tirolese dell'arte popolare», fondato nell'anno 1888 e, rispettivamente, 1903, aveva dichiaratamente lo scopo di dare ai fabbri, ai maniscalchi, ai sellai consapevoli e preziosi impulsi per il loro lavoro.

Anche i reparti destinati agli usi e costumi popolari nei musei di Bolzano-Bozen e di Merano-Meran, fondati poco tempo dopo, si prefiggevano degli scopi del genere.

Sullo stesso terreno si sviluppò l'idea del museo all'aperto. Il primo di questi fu inaugurato nell'anno 1891 a Skansen presso Stoccolma. Del suo fondatore, Artur Hazelius, si cita spesso la frase: «Può venire il giorno, in cui tutto l'oro del mondo non basterà a ridarci un'immagine del tempo svanito.»

In queste parole si avverte la preoccupante sensazione, che sia già tardi per poter intervenire efficacemente nel campo materiale della declinante cultura popolare. Ed è proprio questa preoccupazione, che suscita nella pubblica opinione la volontà di creare le condizioni necessarie per la fondazione di un museo.

Ai vecchi musei esistenti in regione da molti decenni se ne sono aggiunti di nuovi negli ultimi anni, soprattutto in seguito alle grandi trasformazioni nel mondo del lavoro, come, per esempio, il «Museo della Val Gardena», il «Museo agricolo» di Brunnenburg, oppure anche il «Museo del vino» a Caldaro-Kaltern. E fu proprio in occasione della celebrazione del decennale di questo museo, che nacque l'idea di fondare anche un «Museo del pane». Questo sarebbe il modo migliore per reagire alla perdita di beni concreti,

valuable stimuli for the work of blacksmiths, locksmiths, belt makers, etc. The idea of open-air museums grew in the same soil. The first was opened in 1891 at Skansen near Stockholm; its founder was Arthur Hazelius, who coined the much-quoted sentence: "The day may come when all our gold won't suffice to give us a picture of times gone by." It conveys the awareness that the efforts to preserve the material evidence of a sinking popular culture were a little late in the day. Only this concern can trigger in the population the readiness to found a museum and provide the necessary preconditions for it.

To the old museums which had existed in the country for many decades newly-founded ones were added, mainly as a result of the great changes in the world of labour, e. g. the Grödner Heimatmuseum, the Landwirtschaftsmuseum Brunnenburg or also the Südtiroler Weinmuseum. At the latter's tenth anniversary the idea was born to establish also a "Bread museum". Its main purpose was to counteract the loss of household items and workmen's tools.

Initiatives to set up the desired bread museum emanated at first from the agricultural department of the provincial government. Among its pioneers and proponents, Dr. Georg Notdurfter, a veterinary who was based at Sand in Taufers and unfortunately died too early, deserves a special mention. On behalf of the provincial government a group of experts checked out some locations as to their suitability for a museum. The old school of home economics at Dietenheim presented itself from the

orte auf ihre Museumstauglichkeit. Zur ersten Wahl stand immer schon die alte Haushaltungsschule in Dietenheim, und dabei ist es in der Folge auch geblieben.

Im Frühjahr 1974 fiel die endgültige Entscheidung, in den alten Räumlichkeiten des Ansitzes »Mair am Hof« das Volkskundemuseum einzurichten. Von diesem Zeitpunkt an konnte endlich ernsthaft an einem Museumplan gearbeitet werden. Ausgangspunkt dieser Planung ist der Standort des schönen Herrenhofes aus dem späten 17. Jahrhundert mit Wohnhaus, Wirtschaftsgebäude und Pfister (= Gesindehaus und Waschküche), alles weitgehend unverdorben, wenngleich in manchen Stücken verwahrlost und restaurierungsbedürftig.

Hauptsitz und Ausstellungsgebäude sollte der Mair am Hof sein, zugleich Zeugnis herrschaftlicher Lebensform, daneben sollten das mittelgroße Gehöft eines im Sinne der Selbstversorgung wirtschaftenden Bauern, das Anwesen des Kleinhäuslers, also der ländlichen Unterschicht, und die wichtigsten Werke der Volkstechnik, wie Mühlen, Schmiede, Sägewerk usw., erstehen.

Der Ausführungsplan wurde 1975 in den Bauleitplan der Gemeinde Bruneck eingebunden. In diesem Jahr nahm auch die Sammeltätigkeit ernsthaftere Formen an.

Im Sommer 1976, um in der Chronik zu bleiben, wurde dann auch das Museum mit Gesetz als Körperschaft öffentlichen Rechts gegründet.

Deshalb begannen wir 1977 mit der Aufstellung von Gebäuden im Freigelände.

In den nun folgenden zwanzig Jahren wurden die Baulichkeiten ausfin-

come suppellettili domestiche e arnesi da lavoro.

Le prime iniziative per la fondazione di questo tanto desiderato museo furono avviate dall'assessorato per l'agricoltura della Giunta Provinciale di Bolzano-Bozen.

Tra i pionieri e appassionati fautori del museo è doveroso menzionare il dottor Georg Nothdurfer, veterinario nel circondario di Sand in Taufers-Campo Tures, prematuramente scomparso.

Un gruppo di esperti ha preso in esame, su incarico della Giunta Provinciale, molte località in merito alla loro idoneità ad ospitare il museo.

La prima scelta era caduta sulla vecchia scuola di economia domestica di Dietenheim, scelta che in seguito fu riconfermata.

Comunque, nella primavera del 1974 si arrivò alla decisione definitiva di costruire i summenzionati nuovi edifici a Dietenheim e di allestire il «Museo degli usi e costumi» nei vecchi locali della casa signorile «Mair am Hof».

Da questo momento si potè finalmente pensare seriamente e porre mano a un piano preciso per realizzare il museo. Punto di partenza è il luogo, il bel maso padronale del tardo Seicento con casa di abitazione, fabbricato rurale, fabbricato per la servitù e lavanderia, il tutto in gran parte incontaminato, anche se in qualche punto trascurato e bisognoso di restauro.

Sede principale e luogo di esposizione doveva essere il Mair am Hof, che nello stesso tempo doveva dare testimonianza del modo di vivere dei «signori»; accanto ad esso doveva sorgere il maso di media grandezza di un contadino che gestiva il suo podere con intendimenti di autosufficienza; il

outset as first choice and it remained so subsequently.

In the spring of 1974 the final decision was made to erect the new buildings and to set up the Volkskundemuseum on the grounds of »Mair am Hof«. From then on serious planning became possible. Its starting point was the location, the beautiful 17th-century manor with its residence, service buildings and servants' quarters with laundry, all of it more or less unspoilt in its substance, although in some instances neglected and in need of restoration. The initial intention was to set up a museum of exclusively rural implements. But why stick to the "plainly rural", something on which the museum idea at first concentrated, if it was to be displayed in this baroque manor? It was not difficult to convince the people in charge that an enlarged and somewhat more supporting frame was necessary to create a museum which technically followed the general trend but at the same time aimed at becoming a focal point of attention for natives and foreigners. For that reason an area south-east of the manor, but for the time being separated from it by a public lane, was designated museum zone and it was decided to erect there various structures which could be classified as popular architecture.

Mair am Hof was to become the centre and exhibition building and at the same time a witness to an elegant life style. Simultaneously the medium-sized farmstead of a self-supporting farmer was to be put up, as well as the abode of a smallholder (i.e. of a member of the rural proletariat) and the most representative works of

dig gemacht, abgetragen und im Museum wieder aufgestellt.

Bei der Suche und Feststellung der Objekte wären wir gern wählerischer gewesen. Es zeigte sich aber, daß in unserem Land nicht so viele Häuser leerstehen, die von den Eigentümern zu erschwinglichem Preis freigegeben werden, und wo auch die übrigen Bedingungen und Möglichkeiten für eine Übertragung ins Museum gegeben sind. Aber Verständnis und Entgegenkommen der Bevölkerung sind ständig gewachsen; dieser Teil des Museumsaufbaus hat bei vielen Menschen, auch aus der ländlichen Bevölkerung, Gefallen und Anerkennung gefunden.

Was wir an Aufbauarbeit nach und nach der Öffentlichkeit zugänglich machen konnten, hat den Eindruck entstehen lassen, es handle sich hier um ein Südtiroler Freilichtmuseum. Dazu ist allerdings einiges zu bemerken und einschränkend zu berichtigen. Inwiefern ist unser Museum in Dietenheim ein Freilichtmuseum? Nach der ICOM-Deklaration (= International Council of Museums) vom Jahre 1957 ist ein Freilichtmuseum eine Sammlung von Baudenkmälern, die für den Besuch öffentlich zugänglich sind, in der Regel der vorindustriellen, volkstümlichen Architektur angehören und denen auch Werke der Hocharchitektur (Kapellen, Gutshöfe, historische Bauten) angehören können. Der Verband Europäischer Freilichtmuseen versteht seit 1972 unter Freilichtmuseen »wissenschaftlich geführte … Sammlungen ganzheitlich dargestellter Siedlungs-, Bau-, Wohn- und Wirtschaftsformen in freiem Gelände«. Die Betonung liegt auf der wissenschaftlichen Führung und der ganzheitlichen Darstellung. Nach dieser Definition muß es sich

podere del piccolo colono, ossia dello strato contadino più basso, ed infine le opere più importanti della tecnica popolare, come mulini, fucina, segheria ecc.

In quell'anno (1975) anche la nostra attività di raccoglitori prese forme più serie.

Nell'estate del 1976, per rimanere nella cronaca, il museo fu fondato ufficialmente con apposita legge e diventato ente di diritto pubblico.

Perciò nel 1977 cominciammo con la costruzione di edifici sull'area disponibile.

Nel ricercare e scegliere gli oggetti destinati al museo ci sarebbe piaciuto poter essere più severi e difficili. Risultò anche, che nella nostra provincia non esistono poi tante case vuote da poterle cedere da parte dei proprietari a un prezzo ragionevole e con tutte le rimanenti premesse e condizioni per un trasferimento nel museo.

Ma la comprensione e l'appoggio della popolazione sono andati via via crescendo, e proprio questo settore di costruzione del museo ha incontrato il favore e il riconoscimento di molta gente, anche della campagna.

Nonostante dei nostri lavori di ricostruzione potevamo via via aprire al pubblico, che ha fatto credere che qui si trattasse di un puro e semplice museo all'aperto per il Sudtirolo.

A questo riguardo ci sono, in ogni modo, alcune cose da osservare e da correggere in maniera limitativa. In che senso il nostro museo di Dietenheim può essere un museo all'aperto?

Secondo la dichiarazione dell'ICOM (International Council of Museums) un museo all'aperto consiste in una raccolta di monumenti architettonici aperti al pubblico, che nella regola appar-

popular technology (i.e. mills, forge, sawmill).

The construction project was tied to Bruneck's building code of 1975.

It would have been tempting to start with an exhibition of implements in the main courtyard, above all with a view to securing acceptance from the public at large and the rural population in particular thereby achieving early success. However, this was out of the question; the buildings of Mair am Hof remained fully utilised for schooling for some years. For that reason in 1977 we began to erect buildings in the open area, which by that time had been reduced by one third for alleged waste of arable land, a circumstance which also led to a curtailment of the programme.

Over the next twenty years buildings were located, removed and re-erected within the museum. We would have liked to be more selective in the search for and the discovery of objects. However, at times, the lust for expertise found itself harshly hemmed in. It became evident that in our country there are not so many unoccupied houses which the owners are prepared to let go at an affordable price and where at the same time other conditions and possibilities of transfer to the museum were given. Still, acceptance and an obliging attitude grew constantly; this phase in the setting up of the museum found favour with many people, not least with all the rural population.

nicht unbedingt um Objekte handeln, die übertragen worden sind. Meistens spricht man von Höfen, die an Ort und Stelle bleiben und museal genutzt werden, von Denkmalhöfen oder Bauernhausmuseen.

Nach Ansicht von Fachleuten gibt es vier Möglichkeiten, Freilichtmuseen einzuteilen:

1. nach dem Einzugsbereich,
2. nach den Aufbauprinzipien,
3. nach Darstellungsprinzipien,
4. nach Denkmalgattungen.

1. Nach dem *Einzugsbereich* kann das Südtiroler Landesmuseum für Volkskunde nicht den Anspruch eines Südtiroler Freilichtmuseums erheben. Nicht alle Talschaften und Haustypen sind vertreten. Dafür wäre das Gelände zu klein und zu flach. Die Steinbauten, die weite und sehr alte Teile unserer Siedlungslandschaft prägen, widersetzten sich einer musealen Übertragung und lassen sich mit den Mitteln der Denkmalpflege viel sinnvoller »im Leben« erhalten.

2. Nach *Aufbauprinzipien* sind drei Möglichkeiten zu erwähnen: Gebäude am ursprünglichen Standort zu erhalten, Gebäude in ein Museum zu übertragen oder Gebäude zu rekonstruieren. In Dietenheim haben wir alle drei Prinzipien: Der Herrenhof ist ein Baudenkmal in situ, die meisten Gebäude sind übertragene Originalbauten, der Backofen und das Gehäuse der Schmiede sind rekonstruiert.

3. Unter den *Darstellungsprinzipien* wird jenes bevorzugt, das die Baulichkeiten nach Möglichkeit in eine natürliche und ihr angepaßte Umgebung einbettet. Das Umfeld sollte demnach nicht ein Park, sondern eine bäuerliche Kulturlandschaft werden. Die Ein-

tengono all'architettura di carattere popolare dell'epoca preindustriale e che possono comprendere anche opere di alta architettura, come cappelle, case signorili, edifici storici.

La «Federazione europea dei musei all'aperto» definisce dal 1972 come musei all'aperto: «Raccolte condotte scientificamente di forme d'insediamenti, costruzioni, abitazioni ed economie, rappresentate per tutto l'arco del loro perdurare su un'area all'aperto.» Le due condizioni messe in evidenza sono la «conduzione scientifica» e la rappresentazione «per l'intero arco della loro durata». In base a questa definizione non è assolutamente necessario che si tratti di oggetti trasferiti in un museo.

Si parla invece per lo più di masi che rimangono al loro posto e vengono utilizzati come musei, di masi dichiarati «monumento nazionale» oppure di musei allestiti di case di contadini.

È opinione di esperti che ci siano quattro possibilità per classificare musei all'aperto:

1. In base al territorio di attrazione.
2. In base ai principi con i quali sono stati costruiti.
3. In base ai principi con i quali avviene la rappresentazione.
4. In base ai generi dei monumenti.

1. Secondo il principio del «territorio di attrazione» il «Museo per gli usi e costumi della Provincia di Bolzano-Bozen» non può pretendere di essere un museo all'aperto per il Sudtirolo, perché non tutte le vallate e i tipi di case vi sono rappresentate.

Inoltre, l'area disponibile sarebbe troppo piccola e troppo piatta. E poi le costruzioni in pietra, che caratterizzano gran parte del territorio degli antichis-

No matter how many sections of our development work we were able to open to the public, bit by bit it gave the impression that here one was dealing with a South-Tyrolean open-air museum. In this regard however, a few observations serve as a restrictive correction. How far is our museum at Dietenheim an open-air museum? According to the ICOM-Declaration (International Council of Museums) of 1957 an open-air museum is a collection of monumental structures which are open to the public and which, as a rule, belong to the pre-industrial popular architecture and may also include works of high-architecture (chapels, manors, historical buildings). In 1972 the Union of European Open-Air Museums defined open-air museums as: "scientifically managed … collections of settlement, building, living and economic forms in cohesive presentation". The emphasis is on scientific management and cohesive presentation. In line with this definition an open-air museum does not necessarily deal with objects that were transferred. In most instances reference is made to homesteads which remain on site and are used as museums, i.e. to manor or farmhouse museums. According to expert opinion there are four options when classifying open-air museums:

1. as to the local origin of exhibits
2. as to structural principles
3. as to the principles of presentation
4. as to the type of monuments

richtung sollte lebensnah sein, also den Anschein des Bewohntseins, der Anwesenheit von Mensch und Vieh erwecken. Die bewirtschafteten Gärten und Wiesen sowie der Blumenschmuck tragen bereits wesentlich zur Verlebendigung bei. Tierhaltung in begrenztem Umfang sollte wie in fast allen Freilichtmuseen auch hier möglich sein. Der Modergeruch ungenutzter Häuser und Stallungen wird sonst den Besucher bald abschrecken und das Museum vollends zu einer Totenkammer werden lassen.

4. Dem *Inhalt* nach sind die Freilichtmuseen fast alle bäuerlich, wie es eben dem gefährdeten Bestand der Volksarchitektur entspricht. Das Museum in Dietenheim beherbergt im Mair am Hof sicherlich ein Baudenkmal der Oberschicht, in der Mehrzahl aber bäuerliche Architektur und Werke der einfachen Volkstechnik.

Der Ausgangspunkt wies uns den Weg, nämlich sozialgeschichtliche Schwerpunkte zu setzen: mit Herrenhof, Vollbauernhof, Kleinhäusler und allerlei Zubehör an ländlichen Bauten.

Diese sozialgeschichtliche Betrachtungsweise bewahrt uns doch auch ein wenig vor allzu nostalgischer Verklärung der guten alten Zeit, was heute bereits so manchem Museum nachgesagt wird. Vergangenheit kann man nicht nachvollziehen und soll man nicht verklären, sondern nach besten Kräften und mit unaufdringlichen Mitteln erklären. Dem Freilichtmuseum mit seiner ganzheitlichen Darstellungsweise eignet eine besondere Fähigkeit zum Erklären von Alltag und Arbeit des einfachen Mannes, was bekanntlich zu den schwierigsten Aufgaben der Geschichtsschreibung zählt. In vielen Besuchern werden Erinnerungen

simi insediamenti umani nel Sudtirolo, non sono affatto trasportabili in un museo, e si possono conservare «vivi» molto più opportunamente con i mezzi di cui dispongono gli «Uffici per la tutela dei monumenti».

2. In base ai principi con i quali i musei sono costruiti ci sono tre possibilità da prendere in considerazione:
- edifici da conservare sul luogo di origine,
- edifici da trasportare in un museo,
- edifici da ricostruire.

A Dietenheim abbiamo tutte e tre le possibilità sopra accennate:
- la casa signorile è un monumento architettonico in sito,
- la maggior parte degli altri edifici sono costruzioni originali trasferite nell'area del Museo,
- il forno del pane e i muri della cucina sono delle ricostruzioni.

3. Per quanto concerne il modo di rappresentare, è preferibile inserire le costruzioni in un ambiente naturale e adatto alle costruzioni stesse. Il terreno circostante non dovrebbe quindi essere un parco, bensì un paesaggio di cultura contadina. L'insediamento dovrebbe essere assolutamente realistico e dare l'impressione, con la presenza di persone e di animali, di essere effittivamente abitato.

Orti e prati coltivati, e anche i fiori contribuiscono già in modo essenziale ad animare la scena. Un limitato numero di animali dovrebbe essere possibile anche qui, come in quasi tutti i musei all'aperto.

4. In base al principio del «genere», quasi tutti i musei all'aperto sono di carattere contadino, ciò che risponde al fatto che proprio l'esistenza dell'architettura popolare è in pericolo.

1. As to the local sphere of entries, the Südtiroler Landesmuseum cannot claim to be a South-Tyrolean open-air museum. Not all valleys and types of homes are represented. For that purpose the museum area is too small and flat. Brick buildings, which characterise wide and very old parts of our settled landscape, resist museal transfer and will be kept alive much more meaningfully through on-site monumental preservation.

2. As to structural principles three options are mentioned: keeping buildings preserved at their original location, transferring buildings to a museum or reconstructing buildings. At Dietenheim we have resorted to all three possibilities: the manor house is an architectural monument in situ, most of the other buildings are transferred original buildings, the baking oven and the shell of the forge are reconstructions.

3. With reference to the principles of presentation it is better, if possible, to have the buildings bedded in natural and fitting surroundings which therefore should not be a park but a rural cultural landscape. The contents should be true to life, thereby giving the appearance of being inhabited and of the presence of people and livestock. Cultivated gardens and meadows as well as flower decoration substantially contribute to the animation. The holding of livestock, in a limited form, should be possible here as it is in nearly all open-air museums. The mouldy smell of unused houses and stables will otherwise soon frighten off visitors and convert the museum completely into a mortuary. In the same way traditional work carried out in the

an Jugend- und Väterzeiten geweckt und wird solcherart eine Begegnung mit der eigenen Vergangenheit und nicht selten auch ein Heimatgefühl vermittelt.

Il Mair am Hof, perla del museo di Dietenheim, è certamente un monumento architettonico dei ceti più alti; ma per la maggior parte del resto si tratta di architettura contadina e di opere della semplice tecnica popolare.

E proprio il punto di partenza ci ha indicato la via nel fissare cioè dei punti-chiave storico-sociali; casa signorile, maso agricolo padronale, casa del piccolo colono e tutto il complesso di costruzioni rustiche di ogni genere.

Questo modo storico sociale di considerare le cose ci salva un po' anche da quella troppo nostalgica trasfigurazione del «buon tempo antico», che oggi viene spesso rimproverata a più di un museo.

Il passato non lo si può correggere e non lo si deve nemmeno trasfigurare, ma soltanto spiegare nel modo migliore e con mezzi opportuni e discreti.

Al museo all'aperto compete, col suo modo integrale di presentare le cose, una speciale capacità nello spiegare la vita quotidiana e il lavoro dell'uomo semplice, ciò che è notoriamente considerato come uno dei compiti più difficili della storiografia.

Ricordi del tempo della giovinezza e dei loro vecchi si risvegliano in molti visitatori, che in questo modo rivivono un incontro con il loro passato, accompagnato spesso da sentimenti di amore per la terra natia.

process of tending and cultivating the terrain, for example mowing, scything, threshing or craftsmen's work like cleaving shingles, weaving baskets etc. has an enlivening effect. As to baking, cooking and the celebration of customary festivals, these are more difficult and complicated to organize.

4. As to the content, nearly all open-air museums are pastoral, corresponding to the endangered specimen of popular architecture. The museum at Dietenheim includes an upper class building monument (i.e. Mair am Hof), but also houses in the main rural architecture and works of simple popular techniques.

The starting point showed us the way, namely to put the emphasis on socio-historical aspects exemplified by manor house, farmstead, smallholder's house and all sorts of rural supplementary structures.

This socio-historical way of looking at things also guarded us a little from all too nostalgic a transfiguration of the »good old days«, which is allegedly a feature of many museums. The past cannot be relived and should not be transfigured, but should rather be explained by unobtrusive means. Thanks to its comprehensive mode of presentation the open-air museum has a special capability of explaining the working day and toils of ordinary people, acknowledgedly one of the most difficult tasks of the historian. Many visitors are reminded of their youth and their forefathers' times and thereby encounter their own past and frequently also have a sense of belonging instilled.

II

Am oberen Dorfende der alten Siedlung Dietenheim liegt ein stattliches Anwesen, der Mair am Hof. Es ist einer von vier Maierhöfen in diesem kleinen Dorf, dessen Geschichte aber recht weit hinabreicht und das seine Entstehung an einen bairischen Edlen namens Diet oder Theo aus dem großen Geschlecht der Agilolfinger knüpft. Die erste urkundliche Erwähnung finden wir im Jahre 995, die nächste hundert Jahre später, 1090, als Bischof Altwin von Brixen ein Grundstück in Dietenheim – nach Paul Kofler ist es der Platz, wo heute die Kirche steht – gestiftet bekommt.

Bekanntlich gehörte fast das ganze Pustertal bis 1500 zur Grafschaft Görz. Ihr zinste der villicus supra Dietenheim oder Mair am Anger, womit unser Mair am Hof gemeint ist.

Im Urbar der Vorderen Grafschaft Görz ist er mit einem Zins von zwei Star Weizen, drei Star Roggen, drei Mark im Frühjahr und im Herbst und vier Schafen angeführt.

In späteren Jahren ist uns von den Besitzern nur sehr wenig bekannt.

In der Geschichte dieses alten Hofes spielen sicherlich die Wenzl die wichtigste Rolle. Sie stammten aus Kärnten und ließen sich in der zweiten Hälfte des 16. Jahrhunderts in Bruneck nieder, wo sie es bald zu Geld und Ehren brachten.

Pankratius Wenzl, fürstlich Salzburgischer Pfleger zu Lengberg bei Lienz, erhielt vom Lienzer Burggrafen Franz von Thurn ein Wappen: blauer Schrägfluß, begleitet von zwei achtstrahligen Sternen in Schwarz.

II

Al margine superiore dell'antico insediamento di Dietenheim si trova una importante tenuta, il Mair am Hof.

È uno dei quattro grandi masi padronali in questo piccolo villaggio, che ha però una storia antica e che lega la sua origine ad un nobile bavarese di nome Diet oppure Theo del grande casato degli Agilolfinger.

La prima citazione documentata risale all'anno 995, quindi cento anni più tardi, nell'anno 1090, quando il vescovo di Bressanone-Brixen Altwin riceve in donazione un terreno a Dietenheim che, secondo Paul Kofler, è la piazza dove oggi c'è la chiesa.

È notorio che allora quasi tutta la Pusteria apparteneva alla Contea di Gorizia. A questa infatti doveva pagare tributi il «villicus supra Dietenheim», ossia il Mair am Anger, con cui si intende il nostro Mair am Hof.

Nel libro fondiario della Contea Anteriore di Gorizia il Mair am Hof è indicato con un tributo di due staia di frumento, tre staia di segala, tre marchi in primavera e tre in autunno e quattro pecore. Dei proprietari degli anni seguenti sappiamo molto poco.

Nella storia di questo antico maso i Wenzl sono certamente i personaggi più importanti. Provenienti dalla Carinzia, si stabilirono a Bruneck-Brunico nella seconda metà del sedicesimo secolo, dove ben presto diventarono ricchi e onorati.

Pankratius Wenzl, curatore di Lengberg presso Lienz per conto del Principe di Salisburgo, ricevette un titolo di nobiltà dal Conte di Lienz Franz von Thurn. Lo stemma consiste in un fondo campo obliquo di colore azzurro

II

At the upper end of the village and the old settlement of Dietenheim lies a stately manor, the Mair am Hof. It is one of four inherited estates in this small village whose history goes back a long way and which traces its origin to a Bavarian nobleman by the name of Diet or Theo of the great Agilolfinger family. The first documented mention appears in 995 and the next a hundred years later, in 1090, when Bishop Altwin of Brixen was donated a plot of land at Dietenheim – according to Paul Kofler it was the plot where the church stands today. It is well known that nearly all of Pustertal belonged to the county of Görz until 1500. Tribute was paid to them by the villicus supra Dietenheim or Mair am Anger, which means by our Mair am Hof. In the public records of the upper county of Görz this tribute is shown as 2 star wheat, 3 star rye, 3 Mark in spring and autumn and 4 sheep. In later years very little information has been saved about the identity or activities of the owners.

In the history of this old estate the Wenzl certainly played a major role. They came from Kärnten and settled in Bruneck in the second half of the 16th century where they soon came to money and honors.

Pankratius Wenzl, Salzburg's princely curator of Lengberg near Lienz, was given a family crest by the Burgrave Franz von Thurn: a flowing diagonal blue line accompanied by two black octagonal stars.

Der Sohn dieses Pankratius, Stefan, kam 1577 nach Bruneck. Er war wohl ein tüchtiger Tuchkaufmann, denn seine Witwe Margareth Taschler aus Brixen hinterließ bei ihrem Tode (1636) ein Vermögen von 15.271 Gulden. Johann Baptist Wenzl, Dr. theol., seit 1663 Kanonikus in Brixen, suchte beim Kaiser um die Erhebung in den Adelsstand an, für sich und seine Neffen, und erhielt 1664 von Kaiser Leopold I. den Reichsadel. Der Bruder Andrä Wenzl kaufte 1682 den baufälligen Wolkensteinischen Ansitz, der dann neu erbaut und Sternbach genannt wurde.

Der Sohn des Andrä, Anton, hat beim Fürstbischof Paulinus von Brixen um die Erlaubnis angesucht, sich nach diesem Ansitz »von Wenzl zu Sternbach« nennen zu dürfen, was ihm auch gewährt wurde. Ihr Wappen ist nun ein gekrönter Schild mit einem quer von links nach rechts durchlaufenden Bach und in jedem der beiden Felder ein achtzackiger Stern auf blauem Grund.

Dieser Anton Wenzl von Sternbach interessiert uns besonders, weil er der Erbauer des Ansitzes Mair am Hof ist. Er wurde am 13. Juni 1651 geboren (Taufbuch Sand in Taufers II, S. 258), war seit 1686 mit Anna Maria Katharina Mor von Sonnegg und Köstlan verheiratet. Nach der Familienchronik der Sternbach kaufte er am 11. November 1688 von den Hinterbliebenen des Lorenz Hormayr von Hörtenburg das Mair-am-Hof-Gut um rund 4800 Gulden, das er dann in den Jahren 1690–1700 gänzlich neu erbaute.

Wie es im Sterbebuch von Bruneck (I, S. 416) heißt, starb Antonius Wenzl de Sternbach etc. am 13. Jänner 1716 in Welsberg eines plötzlichen und un-

con due stelle a otto punte in nero. Il figlio di questo Pankratius, Stefan, si trasferì a Bruneck-Brunico nell'anno 1577, e fu certamente un bravo negoziante di panno, che la sua vedova, Margareth Taschler di Bressanone-Brixen, potè lasciare alla sua morte, avvenuta nell'anno 1636, un patrimonio stimato 15.271 fiorini.

Johann Baptist, dottore in teologia, viene elevato nel 1663 a canonico soltanto in base al suo titolo accademico; ma egli chiese ed ottenne nell'anno 1664 dall'imperatore Leopoldo I un titolo di nobiltà imperiale per sé e per i suoi nipoti.

Il fratello di questo colto membro del Capitolo, Andrä Wenzl, comprò nel 1682 la tenuta di Wolkenstein-Selva, piuttosto malandata, e la restaurò chiamandola poi col nome di Sternbach.

Il figlio di Andrä, Anton, chiese ed ottenne in seguito dal principe vescovo di Bressanone Brixen Paulinus il permesso di chiamarsi, dal nome della tenuta stessa, von Wenzl zu Sternbach.

Il suo stemma consiste in uno scudo sormontato da corona con un ruscello che scorre da sinistra a destra e una stella a otto punte su fondo azzurro in ciascuno dei due campi.

Questo Anton Wenzl zu Sternbach ci interessa in modo particolare, perché è il costruttore del Mair am Hof.

Nato il 13 giugno 1651, sposò Anna Maria Katharina Mor von Sonnegg zu Köstlan, e fu proprio per mezzo di questo matrimonio che i Wenzl entrarono in possesso non solo della tenuta di Sonnegg ma anche del Mair am Hof.

Fra il 1690 e il 1700 egli trasformò il Mair am Hof in una residenza signorile. Morì il 13 gennaio 1716 e fu sepolto nella chiesa parrocchiale di Bruneck-Brunico.

The son of this Pankratius, Stefan, came to Bruneck in 1577. He was apparently a competent cloth merchant because his widow, Margareth Taschler of Brixen, left at her death (1636) a fortune of 15,273 Gulden.

Johann Baptist Wenzl, Dr Theol, since 1663 canon in Brixen, made application to the emperor for elevation to the peerage for himself and his nephews and received the Imperial Peerage from Emperor Leopold I in 1664. In 1682 his brother, Andrä Wenzl, bought the dilapidated Wolkenstein estate which was subsequently rebuilt and named Sternbach.

Andrä's son, Anton, applied to the Prince-Bishop Paulinus of Brixen for permission to call himself after this estate "von Wenzl zu Sternbach" and this was granted. Their crest is now a crowned shield with a brook crossing left to right and in each of the two fields an octagonal star on blue background.

This Anton Wenzl von Sternbach is of particular interest to us because it was him who had the manor house Mair am Hof built. He was born on 13th June 1651 (Register of Births Sand in Taufers II, page 258), since 1686 married to Anna Maria Katharina Mor von Sonnegg und Köstlan.

vorhergesehenen Todes (subitanea et improvisa morte) und wurde in der Pfarrkirche in Bruneck in der Kapelle des hl. Felix begraben.

Von den Kindern wurde der erstgeborene Sohn Anton Felix (1688–1736) Domherr in Brixen, der dritte, Josef Andreas (1694–1734), erbte die Liegenschaften in Dietenheim. Sein Sohn Andreas starb 1780 ohne Nachkommen. Sein Vetter Joseph Alexander verkaufte 1794 die Güter in Dietenheim an Michael Mutschlechner († 1807).

Auf dem Wandkästchen in der Stube ist Jakob Mutschlechner verewigt, der 1828 starb.

Diese Mutschlechner waren wohlhabende und tüchtige Bauern, konnten aber die herrschaftlichen Ansitze nicht durchweg in Stand und Ordnung halten.

Der Ansitz war in der Vergangenheit viel reicher ausgestattet als heute; nur noch ganz weniges reicht in die Zeit der Sternbach und Mutschlechner zurück. Einen aufschlußreichen Bericht bringt Ludwig Steub, der 1870 oder erst 1871 Dietenheim besucht hat und im Mair am Hof eingekehrt ist:

»Da ich nun schon vier Dörfer abgegangen war, so glaubte ich ein Seidel trinken zu dürfen und trat in den Blauen Bock, Dietenheims bestes Wirtshaus, das aber, wie schon früher erwähnt, sich jetzt den Wälschen zu Liebe auch die Aufschrift: Al becco turchino beigelegt hat. Im Garten saßen der Curat und ein junger Doctor aus dem Orte.

Ich fragte, ob das angenehme Dietenheim auch schon als Sommerfrische benützt werde und erhielt zur Antwort, daß wenigstens eine englische aus mehreren Damen bestehende Familie sich jetzt da aufhalte.

E ciò corrisponde anche a quanto si tramanda nella famiglia Sternbach. Nella cronaca di Paul von Sternbach si legge:

«Una comunicazione, non del tutto chiara, del Tribunale di Imst di anni addietro informa che l'assassino è stato identificato in Carinzia oppure a Graz, in base alla sua stessa confessione sul letto di morte.»

Alcuni titoli di investitura feudale, di data posteriore, citano Joseph Andrä come vassallo titolare di possedimenti. Ma questo ramo della famiglia è decaduto un po' alla volta e si è spento. Nel 1796 nel Mair am Hof c'erano già i Mutschlechner. Erano dei bravi contadini, ma non erano certamente in grado di provvedere a una regolare manutenzione dell'edificio signorile.

L'edificio era arredato in passato molto più riccamente di quanto non lo sia oggi; soltanto pochissime cose provengono dal tempo degli Sternbach e dei Mutschlechner.

Ludwig Steub che, visitando Dietenheim nel 1870, era entrato anche nel Mair am Hof, ci ha lasciato una relazione ricca di informazioni: «Dato che avevo già percorso quattro villaggi, pensai che potevo concedermi una birretta ed entrai al ‹Blauen Bock›, la migliore osteria di Dietenheim, che, come avevo detto prima, ha aggiunto per far piacere agli italiani anche la scritta ‹Al becco turchino›.

Nel giardino erano seduti il curato e un giovane dottore del posto. Domandai se il grazioso villaggio fosse anche luogo di villeggiatura, e mi risposero che almeno una famiglia inglese, con parecchie signore, soggiornava per il momento in paese.

According to the Sternbach family chronicle he bought the Mair am Hof estate on 11th November 1688 from the heirs of Lorenz Hormayr von Hörtenburg for about 4,800 Gulden and he rebuilt it completely afterwards during the years 1690 to 1700. As recorded in the Register of Deaths of Bruneck (I, p. 416), Antonius Wenzl de Sternbach etc. died on 13th January 1716 at Welsberg a sudden and unexpected death (subitanea et improvisa morte) and was buried in the Saint Felix chapel of the parish church of Bruneck.

Of the children, the first born son Anton Felix (1688–1736) became canon in Brixen, the third, Josef Andreas (1694–1734), inherited the Dietenheim properties. His son, Andreas, died in 1780 without offspring.

According to a contract dated 15th September, 1794 Joseph Alexander Baron von Sternbach sold the aforementioned properties, freehold or held in fee-simple, to the honourable Michael Mutschlechner († 1807). Jakob Mutschlechner, who died in 1828, is immortalised on the little wall box in the saloon.

The Mutschlechner were well-to-do and competent farmers, but unable to maintain the noble estates neat and in good repair at all times.

It used to be fitted out much more luxuriously than it is today; only very little goes back to the times of the Sternbach and Mutschlechner. Ludwig Steub, who visited Dietenheim in 1870 or as late as 1871 and put up at Mair am Hof, supplied an informative report: "As I had already walked through four villages, I considered myself allowed to drink a tankard and

In Dietenheim steht auch ein großes, nicht eben alterthümliches, aber altmodisches, roth und gelb angestrichenes Haus, beim Mair im Hof genannt. Vor hundert und siebenzig Jahren hat es einer der Herren von Sternbach, die im Tauferer Thale reiche Bergwerke besitzen, von Grund auf neu erbaut und dabei einen prachtvollen Ziergarten mit Springbrunnen angelegt. Jetzt gehört es einem wohlhabenden Landmann, namens Mutschlechner, dessen Sohn, eben der junge Doctor, der mit dem Curaten im Garten saß, mich verbindlich einlud, den väterlichen Hof einer Betrachtung zu unterziehen. Der prachtvolle Ziergarten und die Springbrunnen sind zwar nicht mehr erhalten, doch finden sich in dem Hause Ansätze zu einem kleinen pusterthalischen Nationalmuseum, alte Trachten, kostbare Brautkleider aus vergangenen Zeiten, die schönen gelben Hüte mit den grünen Bändern, wie sie früher die Pusterinnen trugen und dergleichen. Im Schranke wird auch einer von jenen Kränzen verwahrt, wie man sie bei der Heimfahrt von der Alm der Maierkuh auf das Haupt setzt, ein sehr zierliches Gerüste von künstlichen Blumen, Blättern und goldenen Schnüren, angeblich achtzig Gulden werth. Es ist bekannt, daß die Kühe um solche Decorationen eben so wie verdiente Männer um ihre Ordenszeichen sich beneiden. Ein riesiger Ofen aus der schönsten Zeit der alten Öfen ziert die Stube. Wie in jedem Ansitz findet sich auch hier eine Hauscapelle. In dieser haben sich vor dem Oratorium der Herrschaft noch zwei hölzerne, künstlich geschnitzte, von Alter gebräunte Gitter erhalten, ein Gegenstand, der schon manchen Sammler angezogen,

Che a Dietenheim c'era anche una grade casa, non proprio antica, ma nemmeno moderna, colorita di rosso e di giallo, chiamata Mair am Hof.

Centosettanta anni prima uno dei Signori di Sternbach, i proprietari delle ricche miniere della Valle Aurina, l'aveva ricostruita dalle fondamenta e vi aveva sistemato un magnifico giardino con fontane zampillanti. Ora la casa apparteneva ad un contadino benestante di nome Mutschlechner, il cui figlio, proprio il giovane dottore che era seduto nel giardino col curato, mi invitò cortesemente a dare un'occhiata alla casa stessa, che era di suo padre.

Veramente, il magnifico giardino con le fontane zampillanti non esiste più; ma nella casa ci sono le basi per un piccolo museo della Pusteria: costumi antichi, preziosi abiti nuziali di tempi passati, splendidi cappelli gialli con nastri verdi, come li portavano una volta le donne della Pusteria, e altre cose del genere. In un armadio si conserva anche una di quelle ghirlande che si mettono sul capo della mucca guidaiola al ritorno dalla malga: un grazioso intreccio di fiori artificiali, foglie e cordicelle dorate, del valore, si dice, di almeno ottanta fiorini.

È noto che le mucche si invidiano a vicenda per simili ornamenti, come certi uomini meritevoli per le loro decorazioni.

Una gigantesca stufa dei tempi migliori della maiolica orna la sala. Come in ogni dimora signorile, c'è anche qui una cappella. In questa si conservano ancora, davanti all'inginocchiatoio dei Signori, due grate di legno artisticamente intagliate e scurite per l'età, un oggetto che ha già attirato più di un raccoglitore di cose antiche, e per il

I entered the 'Blauer Bock', Dietenheim's best inn, which however, as mentioned before, bore the inscription: 'Al becco turchino' in order to please the Italians.

The curate and a young local doctor were sitting in the garden. I asked if the pleasant Dietenheim was already being used as a holiday resort and was told that at least some English ladies were staying there at the time.

At Dietenheim there is also a large, not exactly ancient, but old-fashioned red and yellow painted house called beim Mair im Hof. One hundred and seventy years ago one of the von Sternbach gentry, who own rich mines in the Taufer valley, had it completely rebuilt and he simultaneously layed out a magnificent ornamental garden with a fountain. Now it is owned by a wealthy country squire by the name of Mutschlechner, whose son, precisely that young doctor who was sitting in the garden with the curate, courteously invited me to view his father's estate. The magnificent ornamental garden and fountain are, however, no longer preserved, but inside the house there are starting points for a small national museum of the Pustertal, old costumes, precious wedding gowns of days gone by, beautiful yellow hats with green ribbons, as worn by the women of the Pustertal, and suchlike. In the wardrobe there is also one specimen of the garlands which are placed on the head of the "Mair"-cows when returning from the alpine meadow, a dainty construction of artificial flowers, leaves and golden ribbons, alleged to be worth eighty Gulden. It is well known that the cows envy each other the marks of distinction, just as

für den ›die Juden‹ schon fünfhundert baare Gulden geboten haben. Aus solchen spärlichen Resten mag man übrigens entnehmen, welche Menge von wertvollen Sachen in den zahllosen tirolischen Ansitzen, ehe sie in die Hände der Bauern übergingen, vorhanden gewesen. Aber wo sind sie hingekommen?«

Ja, das wüßten wir auch gern. Gute hundert Jahre später wird ein Gedanke Wirklichkeit, in diesem Hause nicht gerade ein »pustherthalisches Nationalmuseum«, sondern das Südtiroler Landesmuseum für Volkskunde einzurichten.

Die vorhin von Steub erwähnte englische Familie hat, beginnend mit 1871, mehrere Sommer im Mair am Hof verbracht. Mary Howitt beschreibt die Aufenthalte im zweiten Band ihrer sehr interessanten Autobiographie (Cambridge/USA 1889). Es ist berechtigt, die Beobachtungen der Weitgereisten wenigstens in geraffter Form zu vermitteln, zumal auch die Zeichnungen ihrer Tochter Margaret sehr aufschlußreich sind. Sie nannte es einen glücklichen Zufall, daß sie im Sommer 1871, bei ihrem Tirolbesuch, zu dem Haus geraten wurde, das, trotz seines offensichtlichen langsamen Verfalls, groß und mächtig am entfernten Ende des allmählich ansteigenden Dorfes Dietenheim aufragte.

Sie sieht das Haus bemalt im Stile Palladios, mit griechischen Säulen und anderen Ornamenten, Fenster und Balkone mit schönen Eisengittern versehen. Die landwirtschaftlichen Gebäude erscheinen ihr ebenso stattlich, sie sind durch einen Hof zugänglich und durch ein Eingangstor, an dessen Giebel damals ein auffallendes Fresko zu sehen war. Dem Glauben der Tiroler entspre-

quale i ‹giudei› hanno già offerto cinquecento fiorini in contanti.

Da queste poche cose rimaste possiamo farci un'idea di quante cose preziose dovevano esserci nelle innumerevoli case signorili del Tirolo, prima che esse finissero nelle mani dei contadini. Ma dove sono adesso? Ci piacerebbe proprio saperlo.»

Ma ci sono voluti oltre cento anni, prima che si realizzasse l'idea di allestire in questa casa non proprio un museo della Pusteria, bensì il Museo degli usi e costumi della Provincia di Bolzano-Bozen.

Quella famiglia inglese ha trascorso molto tempo nel Mair am Hof. Mary Howitt descrive questi soggiorni nel secondo volume della sua interessantissima autobiografia (Cambridge/USA 1889).

Ritengo opportuno riportare qui le osservazioni della instancabile viaggiatrice, almeno in forma condensata, tanto più che anche i disegni di sua figlia Margaret sono molto esplicativi.

Definì un felice caso, quello che nell'estate del 1871 durante il suo viaggio nel Tirolo la consigliò ad entrare in quella casa che, nonostante l'evidente lenta rovina, si innalzava grande e imponente al margine più lontano di Dietenheim, dove il paese comincia a salire. La casa le si presenta dipinta nello stile del Palladio, con colonne greche ed altri ornamenti; finestre e balconi sono muniti di belle inferriate di ferro battuto.

Anche gli edifici rustici le appaiono altrettanto massici; essi sono accessibili attraverso un cortile e un portale sul frontone, del quale si vedeva allora un vistoso affresco. In armonia con la fede dei tirolesi, rappresentava la Madonna con il piccolo Gesù, San

deserving men envy each other their decorations.

A huge oven of the bloom of old ovens decorates the living room. As in all manor houses one finds also a private chapel here. Inside, two artistically carved wooden screens, tanned by age, have been preserved in front of the oratory, an object attracting many a collector and for which 'the Jews' already offered five hundred Gulden in cash.

From such sparse remnants one may thus infer what quantities of valuable items existed in countless Tyrolean mansions before they changed into the hands of farmers. But where have they gone?"

That is what we would like to know also. Some hundred years later, the idea to set up the "Südtiroler Landesmuseum für Volkskunde" (not exactly the "National Museum of the Pustertal") was implemented in this building.

The English family mentioned by Steuben spent several summers from 1871 on Mair am Hof. Mary Howitt describes their sojourns in the second volume of her most interesting autobiography (Cambridge/USA 1889). One may be justified in conveying the experienced traveller's observations in at least a condensed form, especially as the drawings of her daughter Margaret are also very informative. Mary called it a happy coincidence that the house was recommended to them on their first trip to Tyrol in the summer of 1871. In spite of its obvious and slow decay, the building towered large and mighty at the distant end of the sloping village of Dietenheim.

chend zeigte es Maria mit Kind, den hl. Joseph, den Schutzengel mit einem Kind und die Heiligen Johannes Nepomuk und Florian, die Schützer gegen Wasser- und Feuergefahr. Dieses Fresko ist längst von Kletterpflanzen zerstört.

Die Besucher werden vom Sohn des Hauses, einem hochgewachsenen Mann mit guten Umgangsformen, ins Haus geleitet, durch die große Halle in einen Saal mit acht Fenstern und einer feingearbeiteten Stuckdecke (die auch längst verschwunden ist). An der anderen Seite der Halle ist ein Zimmer, von dem aus man in die Kapelle hinabsehen kann. Auch dieser Zustand ist heute verändert. Untergebracht werden sie in den südseitig gelegenen Zimmern im zweiten Stock, wo ein Balkon die herrlichste Aussicht ins Pustertal gewährt. Das Haus in seinem würdevollen Verfall entspricht so sehr dem Geschmack der Damen, daß sie sich glücklich preisen, hier als Mieter aufgenommen zu werden. Der Hausherr, Anton Mutschlechner, allgemein als »Hofbauer« bekannt, ist ein magerer Mann in einfacher Kleidung. Er erlebte als kleiner Bub die Einquartierung französischer Offiziere in seinem Elternhaus, die ihn verhätschelten, gleichzeitig aber schreckliche Mieter gewesen waren, die Wagenladungen von Holz verheizten und sogar den weißen Fayenceofen für immer unbrauchbar machten.

Im Haus herrscht gute Ordnung, Arbeit und Gebet heiligen den Tagesablauf, den auch die Gäste mit nützlichen Beschäftigungen, auch mit Arbeiten im vernachlässigten Küchengarten, hinbrachten. Hinter dem Haus steigt sanft die Allmende an; da steht ein Kreuz zwischen zwei Linden. Da sitzen sie

Giuseppe, l'angelo custode con un bambino e i Santi Nepomuceno e Floriano, protettori dai pericoli dell'acqua e del fuoco.

Ma questo affresco è stato distrutto dalle piante rampicanti già da parecchi anni.

I visitatori vengono accompagnati dal figlio, un uomo alto con buone maniere, nella casa attraverso un grande vestibolo in una sala con otto finestre e un soffitto di stucco finemente lavorato, pure scomparso già da lungo tempo.

Dall'altra parte del vestibolo c'è una stanza, dalla quale si può guardare giù nella cappella. Ma anche questo non è più così. I visitatori vengono alloggiati nelle stanze al secondo piano che guardano verso sud, dove un balcone offre uno splendido panorama della Pusteria.

La casa nella sua dignitosa decadenza corrisponde in pieno al gusto delle dame, che si considerano veramente fortunate di venire accolte come inquiline.

Il padrone di casa, Anton Mutschlechner, conosciuto da tutti come «padrone del maso», è un uomo magro, vestito in modo semplice. Da bambino si ricorda ancora dell'acquartieramento di ufficiali francesi che lo coccolavano; inquilini terribili, che consumavano interi carri di legna per scaldarsi, rendendo inservibile per sempre la magnifica stufa bianca di maiolica di Faenza.

Nella casa regna ordine perfetto. Lavoro e preghiera santificano il corso della giornata, che anche le donne trascorrono con utili occupazioni, e anche con lavori più pesanti nell'orto, piuttosto trascurato. Dietro la casa sale dolcemente il pascolo comunale e c'è una croce fra due tigli. Là le dame van-

The house she saw then was painted in Palladian style, with Greek columns and other ornamentation, windows and balconies with beautiful wrought iron railings. The farm buildings appeared to her equally stately, they were accessible through a courtyard and a gate, the gable showing in those days a striking fresco.

It depicted Mary with child, Saint Joseph, the guardian angel with a child and the saints Johannes Nepomuk and Florian, the protectors against fire and floods, conforming to Tyrolean religious belief. This fresco was destroyed by vines long ago.

The visitors were escorted into the house by the son of the household, a tall well-mannered gentleman, through the large vestibule into a hall with eight windows and a delicately worked stucco ceiling (which also disappeared long ago). On the other side of the hall there was a room from which one had a view of the chapel below (this condition too has been changed). They were accommodated on the second floor of the southern wing where a balcony offered a most magnificent view into the Pustertal. The building, in its dignified state of decay, appealed to the ladies' taste so much that they called themselves fortunate being taken in as lodgers. The master of the household, Anton Mutschlechner, generally known as "Hofbauer", was a lean gentleman in a simple dress. As a small boy he had experienced the billetting of French officers in his parents' home and though the soldiers had spoilt him they had been at the same time terrible lodgers who had burnt waggon-loads of wood and left the white Faience stove permanently damaged.

Abend für Abend und betrachten das Abendrot hinter gezackten Dolomitenfelsen.

In der alten Pappel (wo heute die Linden stehen) haust eine Eule, durch das Obergeschoß flitzen die Schwalben, die dort im Spätsommer den Jungen das Fliegen beibringen. Die Gäste fühlen sich wie zu Hause und richten das Obergeschoß nach eigenem Geschmack ein. Der sonst allen Neuerungen abgeneigte Hausherr tut seinen Gästen zuliebe ein übriges und versetzt sie ungewollt in blanken Schrecken. So ersetzt er die sechseckigen alten Scheiben mit viereckigen, färbt die Wände des Saales mit Schablonenmalerei wie in einem Bahnhofwartesaal, überstreicht die Türen, um Mahagoni oder dergleichen vorzutäuschen, und entfernt die feingearbeiteten Schlösser.

Zum Glück bleiben ein paar Türen in einem Nebengang, deren Füllungen mit klassischen Motiven in Tempera gemalt sind. Sie rühmen die Vorzüge dieser Türen, und sie bleiben.

Mary Howitt nimmt auch vom Geschehen ringsum Kenntnis, so vom Besuch des neuen Fürstbischofs Simon Aichner (es ist der 20. August 1880 und ein Festtag für Bruneck) und von den Kaisermanövern im September 1886. Der Kaiser weilt mit vier Erzherzogen in Bruneck und beobachtet die Scheingefechte, die in den Feldern des Mair am Hof stattfinden. Die Leute dürfen sich seiner Majestät zutraulich nähern, für manche das größte Glück ihres Lebens. Und das Gesinde hatte die Genugtuung, den Kaiser zu hören, wie er das Äußere des Ansitzes bewundert, der mit Fahnen festlich geschmückt ist.

no a sedersi tutte le sere per ammirare il rosso del crepuscolo dietro le guglie delle Dolomiti. Fra i rami del vecchio pioppo, dove oggi ci sono i tigli, c'è il nido di una civetta. Attraverso le aperture del sottotetto sfrecciano le rondini che nella tarda estate stanno insegnando il volo ai loro piccoli.

Gli ospiti si sentono come a casa propria e si arredano il piano superiore secondo i loro gusti.

Il padrone di casa, che di solito era avverso ad ogni innovazione, vuole ora fare qualcosa di più, per far piacere ai suoi ospiti, ma senza volerlo li riempie di vero sgomento. Sostituisce gli antichi vetri esagonali con lastre rettangolari, tinge e decora le pareti della sala con degli stampi che fanno pensare alla sala d'aspetto di una stazione ferroviaria, rivernicia le porte per farle sembrare di mogano o di legno pregiato del genere e toglie le serrature di ferro finemente lavorato.

Per fortuna in un corridoio secondario rimangono intatte due porte, i cui pannelli erano dipinti a tempera con dei motivi classici. Siccome le dame, ospiti della casa, lodano e magnificano i pregi di questi dipinti, le porte non vengono toccate.

Mary Howitt si tiene informata di quanto avviene intorno a lei, così per esempio della visita del nuovo Principe Vescovo Simon Aichner. È il 20 agosto 1880 ed è un giorno festivo per Bruneck-Brunico. Racconta anche delle manovre militari alla presenza dell'imperatore nel settembre del 1886. L'imperatore ha preso alloggio a Bruneck-Brunico con quattro arciduchi e osserva i combattimenti simulati proprio nei campi intorno al Mair am Hof.

La gente può avvicinarsi senza timore all'imperatore, ciò che per molti

Good order rules inside the home, labour and prayer sanctified the daily routine which the guests also spent in useful occupation, even working in the neglected kitchen garden. Behind the house the common rose gently; and there was a cross between two lime trees where the guests used to sit evening after evening watching the sun set behind the craggy Dolomites.

In an old poplar (there where the lime trees stand today) an owl resided, swallows shot across the upper floor, teaching their young to fly in late summer. The guests felt at home and furnished the upper floor according to their own taste.

The master of the house, otherwise averse to all novelties, stretched a point in order to please his guests and unintentionally put them to sheer horror. Thus, he replaced the old octagonal window panes with square ones, painted the walls of the hall with stencilled pictures like those seen in railway waiting rooms, painted over doors to give an illusion of mahogany or the like, or removed the delicately made door locks.

Fortunately, he left a few doors in a side passage untouched. These doors had their panels painted with classical motifs in tempera, a characteristics which the guests praised as a sign of superior quality and which helped to convince them to stay on (Josef Weingartner mentions such doors in the first edition of his guide to the South Tyrolean monuments "Kunstdenkmäler", and in the course of building restoration work nine doors with paintings were discovered).

Mary Howitt also took note of events around her, as of the new Prince-Bishop Simon Aichner's visit

Auch einen Besuch auf der Alm des Mair am Hof machen die Damen. Diese Alm liegt im Bacherntal in Rein. Sie beobachteten das Verhalten des Viehs beim Auf- und Abtrieb, wie ungeduldig und rasch die Kühe ihrem Ziel zustreben.

Selten wohl haben Sommerfrischler sich so in ihre Umwelt eingelebt wie die Familie Howitt in den Sommern der siebziger und achtziger Jahre des vergangenen Jahrhunderts. Dieser Aufenthalt und diese Beobachtungen liegen nun hundert Jahre zurück. Vieles hat sich verändert, aber am Verfall hat sich doch allerhand aufhalten lassen.

significa momento più felice di tutta la vita. E la servitù di casa ebbe la grande soddisfazione di sentire l'imperatore lodare ed ammirare l'aspetto esterno del Mair am Hof, che per l'occasione era festosamente ornato di bandiere.

«Grandiosa» egli definisce la casa, parlando con il suo aiutante.

Anche la malga del Mair am Hof andarono a visitare le dame ospiti. Questa malga è situata nella Bacherntal in Rein. Poterono osservare il comportamento del bestiame, quando arriva alla malga e quando parte dalla malga, e come le mucche impazienti correvano per raggiungere i loro posti. È ben raro che dei villeggianti si siano immedesimati così intensamente nell'ambiente che li circonda, come la famiglia Howitt durante le stagioni estive degli anni settanta e ottanta del secolo scorso. Questo soggiorno e queste osservazioni sono di cent'anni fa. Nel frattempo molte cose si sono cambiate, ma il decadimento del Mair am Hof si è comunque arrestato.

(on the 20th August 1880 and a holiday for Bruneck) and of the Kaiser's manoeuvres in September 1886. The Emperor stayed with four arch-dukes in Bruneck and observed the mock battles which took place in the fields of Mair am Hof. The people were allowed to submissively approach His Majesty, for some of them the highlight of their life. And the servants had the satisfaction to hear the Emperor admiring the appearance of the estate which was festively embellished with flags. In conversation with his aide-de-camp he called the house grand. Indeed grand.

The ladies also paid a visit to the alpine meadows of »Mair am Hof«. These alpine meadows are at Rein in the Bacherntal. They watched the animals' behaviour during ascent and during descent, how impatiently and fast the cows headed for their destination.

Rarely have holidaymakers adapted so well to their environment as the Howitt family during the summers of the seventies and eighties in the last century. These sojourns and these observations now go back a hundred years. Much has changed, but quite some of the decay could be stopped.

Die breite Schicht des Volkes, welche weithin die Volkskultur prägte, war der Bauernstand, eine Mittelschicht, deren Leben und Arbeiten auf eigenem Grund und Boden auf Unabhängigkeit, auf Autarkie abzielten. Dafür waren im Land Tirol schon sehr lange bestimmte Voraussetzungen gegeben, die persönliche Freiheit, die Erbfreiheit und das Anerbenrecht, welche immer, nicht ohne Schatten zu werfen, die Existenz der Bauernhöfe sicherten. Denn ein gewisser Besitz mußte dasein, Grund und Boden, um eine große Familie recht und schlecht ernähren zu können.

Diese äußeren Gerüste der Arbeit und des Lebens sind im Museum zusammengetragen und hoffentlich auch zusammengefügt, damit ein paar wichtige Grundlinien der Volkskultur sichtbar werden.

Es gehört zu den Vorteilen des Museums, daß es echte Sachzeugnisse sammeln und sie einem Konzept zuordnen kann. Ob sich der Besucher angesprochen, belehrt, bereichert oder abgestoßen fühlt, das hängt von vielerlei ab, nicht zuletzt von der Einstellung zur Geschichte und zur Vergangenheit überhaupt.

Anche all'interno del ceto contadino stesso c'erano delle differenze di rango a seconda della consistenza del terreno posseduto. Ma il largo strato di popolo che formava in modo determinante la cultura popolare, era il ceto contadino, uno strato sociale medio, il cui modo di vivere e di operare su suolo proprio, su terreno proprio tendeva all'indipendenza, all'autosufficienza.

A questo riguardo c'erano nel Tirolo già da lungo certe premesse, come la libertà della persona, la libertà di successione e il diritto di unico erede; ciò che ha assicurato, non senza gettare qualche ombra, l'esistenza e la continuità dei masi agricoli.

Queste strutture portanti del lavoro e del modo di vivere sono state raccolte ed accostate qui nel museo con la speranza che risultino anche ben combinate e connesse, in modo che se ne possano ricavare alcune importanti linee fondamentali della cultura popolare.

Fa parte dei vantaggi di un museo, poter raccogliere delle genuine testimonianze concrete e combinarle con un'idea.

Che il visitatore si senta chiamato in causa, illuminato e arricchito, oppure respinto, questo dipende da tante cose, non da ultimo dal suo atteggiamento di fronte alla storia e al passato in genere. E neppure si può a questo riguardo sottovalutare il rapporto del visitatore stesso con la gente dei campi e con tutto ciò che è in genere «contadino». La vita non è nel museo, essa è di fuori. L'inevitabile mutare delle cose che avviene là, getta ombre e luci trasfiguranti sul mondo del passato.

The broad stratum of people which largely put its stamp on the national culture was still the farming class, a middle class whose life and toil on its own landed property aimed at indpendence and autarky. To this end there existed certain preconditions in Tyrol for a very long time: the personal liberty, the right and law of succession which always secured the existence of farms, although not without casting their shadow. In order to feed a large family adequately but modestly, a certain amount of property in the form of arable land was necessary.

This scaffold around labour and life is gathered in the museum and, hopefully, its different parts are well-matched so as to let a few significant and basic outlines of the popular culture become palpable.
It is one of a museum's advantages that it can collect genuine pieces of evidence and assign them to a concept. Whether a visitor feels pleased, informed, enriched or repulsed depends on various things, to no small degree on his attitude to history and the past in general. So too is the visitor's relation to the farming class and to rural matters generally not to be underestimated. Life is not inside the museum, it is outside. Necessary changes taking place there cast shadow and radiance on the world of the past.

Nachdem der geduldige Besucher oder der Leser diese mannigfachen Gebäude und Einrichtungen an seinem Auge hat vorbeiziehen lassen, wird er das Empfinden des Bruchstückhaften haben und nach dem »geistigen Band« fragen.

Was will, was kann dieses Museum oder ein Museum dieser Art über das Volksleben vergangener Zeiten aussagen? Welche Antworten vermögen die Häuser und ihre Einrichtung dem Fragenden, Suchenden zu geben? Vieles hängt von dessen Einstellung zur Geschichte überhaupt ab, von seinen Erfahrungen und Kenntnissen und schließlich von der Erwartung, mit der er an diese aufgebaute Welt herangeht.

Unser Museumskonzept geht, wie schon eingangs erwähnt, davon aus, daß Volkskunde nicht gleich Bauernkunde, daß der Begriff des Volkes weiter zu ziehen ist, daß er Hoch und Nieder erfaßt, wie man so schön sagt. Es gab die höheren Schichten, zahlenmäßig zwar gering, aber durch ihren Einfluß auf Handel und Wandel umso bestimmender, häufig beispielhaft im Erneuern wie im Bewahren des Alten.

Auch Adel und Klerus, mehr als die Bürger in den Städten, suchten und fanden eine wesentliche Daseinsgrundlage in der Landwirtschaft, sei es, daß sie als Grundherren Naturalabgaben oder Arbeitsleistungen einforderten oder eigene Güter von Bauleuten und Gesinde bearbeiten ließen. Auch im Bauernstand selbst waren Rangunterschiede von der Größe des Besitzes herzuleiten.

Dopoché il paziente visitatore o lettore si è visto passare davanti agli occhi dello spirito tutti questi edifici e tutte queste attrezzature, avrà forse una sensazione di frammentarietà e sentirà il bisogno di un «legame spirituale».

Che cosa vuole e che cosa può dire questo museo, o un museo di questo genere, sul modo di vivere della gente dei tempi passati? Quali risposte possono dare le case e i loro arredamenti a colui che vuol sapere, a colui che cerca l'essenza delle cose?

Molto dipende dal suo atteggiamento in generale di fronte alla storia, dalle sue esperienze e dalle sue cognizioni, ma in fondo anche da quello che egli si aspetta nell'accostarsi a questo mondo ricostruito. Il nostro concetto di museo parte dall'idea, che «studio delle tradizioni popolari» non è uguale a «studio della vita contadina»; che il concetto di «popolo» è da allargare, perché esso comprende ciò che è alto e ciò che è basso, come qualcuno dice così bene.

C'erano i ceti più alti, scarsi magari come numero, ma tanto più determinanti, attraverso la loro influenza, su commerci e mutamenti, e spesso esemplari nel rinnovare come nel conservare l'antico. Anche la nobiltà e il clero, più che i borghesi delle città, cercavano e trovavano una essenziale base di esistenza nell'agricoltura, sia che essi, come possidenti, richiedessero tributi in natura o prestazioni di servizi, oppure facessero coltivare i loro terreni direttamente da operai o da servi.

After the patient visitor or reader has had a look at various buildings and at the equipment, he will probably gain the impression of fragmentation and wonder what the »mental guidelines« are.

What will and what can this museum or any museum of this kind tell about the life of the common people in the past? What answers can be given by the buildings and equipment to the questioner, the seeker? Much depends on his attitude to history in general, on his experiences and knowledge and finally on his expectations when he approaches this assembled world.

As was already mentioned at the beginning, our museum concept assumes that folklore cannot be reduced to mere country life, the notion of "Volk" must be enlarged so as to comprise "high" and "low", as the saying goes.

There were the upper classes, small in number, but by their influence on trade and traffic all the more determinant, often example-setting in inventiveness and in preserving the old.

More than the townspeople, the nobility and the clergy were very often dependent on farming for their livelihood be it that they claimed payment in kind or performance of labour or that they had their own estates farmed by tenants and servants. Among the farming class there were also different ranks depending on the size of their properties.

Der Mair am Hof stellt sich uns als ein Paarhof dar, dessen Stirnseiten nach Süden gerichtet sind. Die Dächer tragen den für das Pustertal so kennzeichnenden Krüppelwalm, welcher am Herrenhof durch einen Blendgiebel mit Glockennische verstellt ist. Südseitig sind die Gebäude durch Torbauten und einen Volutengiebel verbunden, auf dessen Außenfeldern sich einstens das vorhin beschriebene Fresko befand. Es ist noch auf alten Abbildungen zu erkennen. Die Stirnseite wird durch einen Viereckerker gegliedert, der im zweiten Obergeschoß einen Aussichtsbalkon mit gebauchtem Eisengitter trägt.

Den neugepflasterten Innenhof ziert der sechseckige Aufbau eines Ziehbrunnens. Die schön gearbeiteten Granitquadern tragen die Inschrift 1722 und P. S.

Il Mair am Hof si presenta come un grande maso appaiato con la fronte rivolta verso il sud.

I tetti hanno lo spiovente tronco, così caratteristico per la Pusteria, e sulla casa signorile risulta spostato da un frontone finto con nicchia per campana. Verso il lato sud gli edifici sono collegati da portali e da un frontone a volute, e proprio sui campi esterni di questo c'era una volta un affresco, il quale su vecchie illustrazioni si vede ancora.

Il lato frontale è interrotto da un Erker quadrangolare che al secondo piano è sormontato da un balcone panoramico, con inferriata panciuta.

La struttura esagonale in muratura di un pozzo a carrucola fa bella mostra di sé nel cortile interno, recentemente lastricato a nuovo. Le pietre di granito, accuratamente lavorate, portano l'iscrizione 1722 e P. S.

Mair am Hof presents itself as a pair-mansion (similar to a semi-detached building), its frontages facing south. The roofs are of the vaulted construction type (Krüppelwalm) which is so characteristic of the Pustertal and which, on the manor house, is interrupted by a blind gable with a bell niche. To the south the buildings are joined by gate constructions and a voluted gable which once displayed the fresco described before on its outer fields. It may still be seen on old illustrations.

The freshly paved courtyard is embellished by the hexagonal structure of a well. The beautifully worked granite ashlars bear the inscription 1722 and P.S.

Die Westseite des Hauses schmükken zwei Portale mit Granitsäulen. Die beiden Balkone darüber tragen ausgebauchte Gitter aus Schmiedeeisen. Auch die Fenster und Balkontüren sind vergittert. Die Bemalung des Hauses ist sehr dunkel gehalten; es ist ein düsteres, fast ins Lila drängendes Rot. Die Süd- und Westseite sind mit Scheinarchitektur aufgelockert, mit Säulen, Balustrade und Eckquadern.

Due portali con colonne di granito ornano la parte ad ovest. I due balconi sovrastanti sono muniti di inferriate panciute di ferro battuto. Anche le finestre e le porte dei balconi hanno delle inferriate. La tinteggiatura della casa si tiene molto sullo scuro, un cupo color rosso che volge quasi al lilla. Il lato a sud e quello ad ovest sono alleggeriti da figure architettoniche simulate, con colonne, balustrate e pietre angolari dipinte.

The western side of the house is adorned by two portals with granite columns. The two balconies above have bulgy wrought iron gratings. So have the windows and balcony doors. The colour of the house is kept very dark; it is a gloomy red, nearly turning to lilac. The south and west sides are loosened up by mock-architecture, with columns, balustrade and corner ashlars.

Am Erker ist eine Sonnenuhr aufgemalt. Eine anmutige, jugendlich wirkende Frau steht auf einem Podest und ordnet ihren faltenreichen und spitzenbesetzten Überrock zu einem weiten Bogen. Im zarten Spitzenbesatz sind in römischen Ziffern die Stunden angegeben, über die an Sonnentagen still und stet der Schatten wandert – Sinnbild der leise entrinnenden Zeit. Neben dem Sockel sehen wir die Wappen der Sternbach und der Mor, also der Erbauer des Ansitzes.

Sulla parete dell'Erker vi è dipinta una meridiana (orologio solare).

Una donna graziosa dall'aspetto giovanile in piedi su un podio si sta accomodando in un ampio arco, la gonna ricca di pieghe e ben ornata di pizze. Fra le delicate guarnizioni dei pizzi sono indicate le ore in cifre romane, sopra le quali nei giorni di sole scorre muta e costante l'ombra dell'asticella: simbolo del tempo che fugge in silenzio.

Accanto allo zoccolo si vedono gli stemmi degli Sternbach e dei Mor, i costruttori della casa stessa.

The frontage is formed by a square alcove carrying on the second floor above a viewing balcony with bulging wrought iron grating. A sun dial is painted on the alcove. A graceful woman of youthful appearance stands on a pedestal and arranges her pleated and lace-trimmed gown into a wide arch. Roman numbers are shown on the lace trimming, representing the hours over which, on sunny days, the shadow travels soundlessly and constantly – symbol of the quietly escaping time. Next to the pedestal we notice the coat of arms of the Sternbach and Mor, the builders of the mansion.

Vor allem ist die geräumige Erkerstube an der Südseite mit dem barocken Getäfel aus Zirbenholz zu nennen. An zwei der geschwungenen Wandkästchen haben sich die Mutschlechner verewigt (1798).

Particolarmente degna di menzione è la grande stanza con Erker sul lato sud, rivestita con tavole di cirmolo in stile barocco. Su due dei sinuosi armadietti a muro i Mutschlechner si sono fatti immortalare (1798).

The spacious bay-window room on the south side deserves a special mention, not least for its baroque pine panelling. The Mutschlechners immortalised themselves on two of the curved wall caskets (1798).

ECHNER
17 93

Der wertvollste Raum des Ansitzes ist die Hauskapelle, die man durch einen Vorraum betritt. Es ist ein rechteckiger, hoher Raum; die flachen Pilaster an den Wänden tragen die ebenfalls flache Stuckdecke, die mit allerlei Blatt- und Rankenmustern verziert ist. Fruchtbänder und bänderschwingende Engel umschließen das große Deckengemälde, und an den vier Ecken sind in Form von Medaillons Gemälde angebracht, die das Leben des hl. Antonius von Padua zum Gegenstand haben. Das Deckengemälde, es stammt wahrscheinlich von Kaspar Waldmann, steht in inhaltlichem Bezug zum Altarbild. Maria, zu deren Füßen sich Englein tummeln, hält ein weißes Tuch, wohl eine Windel, in Händen. Auf dem Altarbild hält ein eher düster wirkender hl. Antonius das nackte Jesukind im Arm. Eine der vielen Antoniuslegenden erzählt, daß der große Gottesrufer von Padua eine so glühende Zuneigung zum göttlichen Kind empfand, daß dieses, davon hingerissen, die hüllende Windel zurücklassend, der himmlischen Mutter entwichen und in die Arme des hl. Antonius geeilt sei. Diese liebe Legende ist im Bild dargestellt. Es bezeugt, wie vieles andere, welch große Verehrung der hl. Antonius von Padua in der barocken Frömmigkeit genoß, die noch heute kräftig in unserem Volk weiterlebt.

Il locale più prezioso della casa è la cappella, nella quale si entra passando per un atrio. È quadrangolare, alta; i pilastri piatti aderenti alle pareti portano il soffitto, anche piatto, di stucco decorato di figure di foglie e di tralci di ogni genere. Ghirlande di frutti ed angeli che sventolano nastri fanno da cornice al grande dipinto del soffitto, ed ai quattro angoli vi sono applicati dei dipinti a forma di medaglioni, che illustrano la vita di Sant'Antonio di Padova.

Il dipinto del soffitto, probabilmente opera di Kaspar Waldmann, combina per il contenuto con la pala dell'altare.

Maria, a cui piedi si trastullano degli angioletti, tiene in mano un drappo bianco, forse una fascia per bambini. Sulla pala dell'altare un Sant'Antonio dall'aspetto piuttosto tetro, tiene in braccio un Gesù Bambino nudo. Una delle molte leggende intorno a S. Antonio racconta infatti che il grande invocatore di Dio sentisse un così ardente affetto per il Divino Bambino, che questo, attratto da tanto fervore, si sia gettato nelle braccia del santo, sfuggendo alla Divina Madre e lasciando indietro le fasce che lo avvolgevano.

È una simpatica leggenda, quella che il quadro rappresenta. Essa testimonia, come tante altre cose, la grande venerazione per Sant'Antonio di Padova nella pietà del barocco, venerazione, che è più che mai viva anche oggi nel nostro popolo.

We reach the most valuable room of the residence through the long corridor: it is the private chapel, which we enter through an anteroom. It is a high rectangular room; the flat pilasters against the walls carry the equally flat stucco ceiling which is embellished with all sorts of leaf and vine designs. Bands of fruit and ribbon waving angels frame the large ceiling fresco and in the four corners there are paintings in the form of lockets, which have the life of Saint Anthony of Padua as their theme.

The ceiling fresco, probably by Kaspar Waldmann, shows a motif closely related to the altar picture. Mary, angels romping at her feet, carries a white piece of cloth in her hands, probably a diaper.

The altar picture shows a rather gloomy looking Saint Anthony carrying the naked child Jesus in his arm. One of the many legends surrounding Anthony tells of such glowing affection of the great preacher from Padua for the holy child that the infant was overwhelmed by it, escaped from its heavenly mother and hurried into the arms of Saint Anthony, leaving behind the covering napkin. This lovely legend is depicted in the painting. It shows, like many others, the adoration enjoyed by Saint Anthony in baroque piety, a feeling which has survived among our people to this day.

Der Altar dieser Kapelle ist eine eher schlichte Kastenmensa, von Marmorsäulen flankiert. Unter dem Volutengiebel finden wir wieder das Sternbachsche Wappen, während über dem Altartisch folgende Inschrift zu lesen ist:

Å DÑI MDCC
ALLES GOT UND DEN HEILIGEN
ANTONI ZU EHRN
ANTON WENZL E V ST Z ST
VD̃L HA GROO H CR V F B R
HAT DIS GEBEY V GRUND AUF
PAUEN
UND ZUR DANCKBARKEIT DIE
CAPELLEN
UND DEN ALTAR BEISEZEN LASSEN

Zu seiten des Altars stehen Joachim und Anna. Der Altar ist ein Werk des Bildhauers Cristoforo Benedetti, der ähnliche Werke in St. Anton beim Deutschhaushof in Siebeneich, in Tramin, den Gnadenaltar der Wallfahrtskirche Maria Trens, in der Neustifter Marienkapelle und in der Kirche der Hofburg zu Brixen geschaffen hat. Diese Aufträge weisen ihn als bedeutenden Meister des Altarbaues aus.

L'altare di questa cappella consiste in una mensa a cassettone piuttosto semplice, affiancata da colonne di marmo. Sotto il frontone a volute troviamo di nuovo lo stemma degli Sternbach, mentre sopra il piano dell'altare si legge la seguente iscrizione:

Å DÑI MDCC
ALLES GOT UND DEN HEILIGEN
ANTONI ZU EHRN
ANTON WENZL E V ST Z ST
VD̃L HA GROO H CR V F B R
HAT DIS GEBEY V GRUND
AUF PAUEN
UND ZUR DANCKBARKEIT DIE
CAPELLEN
UND DEN ALTAR BEISEZEN LASSEN

(Anton Wenzl in onore di Dio e di Sant'Antonio ha costruito da fondo questa casa e la capella.)

Ai fianchi dell'altare stanno San Gioachino e Sant'Anna. L'altare è opera dello scultore Cristoforo Benedetti, che ha creato opere simili anche a Sant'Antonio presso il maso Deutschhaus di Siebeneich, a Termeno-Tramin, nel santuario di Maria Trens (l'Altare delle Grazie), nella capella della Madonna di Neustift e nella chiesa del castello di Bressanone-Brixen. Tutti questi incarichi ci dimostrano che egli era considerato come un importante maestro-costruttore di altari.

The altar in the chapel is a rather plain box-mensa flanked by marble columns. Below the voluted gable we find again the Sternbachs' coat of arms, while above the communion table the following inscription can be read:

Å DÑI MDCC
ALLES GOT UND DEN HEILIGEN
ANTONI ZU EHRN
ANTON WENZL E V ST Z ST
VD̃L HA GROO H CR V F B R
HAT DIS GEBEY V GRUND
AUF PAUEN
UND ZUR DANCKBARKEIT DIE
CAPELLEN
UND DEN ALTAR BEISEZEN LASSEN

Standing next to the altar are Joachim and Anna. The altar is the work of the sculptor Christoforo Benedetti, who produced similar works in: Saint Anton at the Deutschhaushof of Siebeneich, at Tramin, the altar of the Pilgrims' church Maria Trens, the Marienkapelle of Neustift and the church of the Bishop's palace (Hofburg) in Brixen. These commissions establish him as an important master of altar works.

Zu den guten Stücken dieser Kapelle zählen auch die Türen zu den Sakristeischränken und Wandkästchen sowie die Eingangstür selbst. Sie weisen geschnitzte Früchte, Blattranken und die Muschel, für den barocken Menschen Sinnbild göttlichen Gnadenerweises, auf. Diese Schnitzereien und die wunderschönen steigenden Löwen an den Vorderwangen der Kirchenbänke stammen vom Bildhauer Michael Rasner aus Bruneck, der auch die Banklöwen der Brixner Hofburgkapelle geschaffen hat. Wiederum ein Künstler, der für den Fürstbischof und auch für Anton Wenzl, den bischöflichen Rat, gearbeitet hat.

Tra i pezzi notevoli di questa cappella sono da annoverare anche le porte degli armadi della sacristia e degli armadietti a muro, come pure le stesse porte di entrata.

Vi sono intagliati frutti, tralci, foglie e conchiglie, che per l'uomo del barocco erano il simbolo della presenza della grazia divina. Questi lavori di intaglio ed i magnifici leoni rampanti ai fianchi anteriori dei banchi della chiesa sono opera dello scultore Michael Rasner di Bruneck-Brunico, che ha scolpito anche i leoni dei banchi della cappella del castello di Bressanone-Brixen.

The chapel includes among its valuables the doors of the vestry wardrobes and wall-casket as well as the entrance door itself. They show carvings of fruit, vines and the shell, the symbol of divine grace to the people of the baroque. These wood carvings and the wonderful rising lions on the facing panels of the pews are by the sculptor Michael Rasner from Bruneck, who also made the lions on the pews in the chapel of the Bishop's palace in Brixen. This artist worked for the Prince-Bishop as well as for Anton Wenzl, the Bishop's counsellor.

Zur alten Kapelleneinrichtung zählen auch das Auferstehungsbild von Georg Widmann und das Epitaph des Hieronymus Mor zu Sonnegg.

Georg Widmann war Maler zu Bruneck und verstarb im Jahr 1591, nach Heinrich Waschgler ein eher bescheidener Meister, von dem auch noch eine ähnliche Gedenktafel für Andrä Emring, Freisingischer Pfleger zu Innichen, erhalten ist. Die Auferstehung lehnt sich, wie Heinrich Waschgler dargetan hat, deutlich an einen Holzschnitt von Albrecht Dürer.

Auf einem der Spruchbänder ist die Schrift erloschen, auf dem andern steht: »Als war Ich leb, wil ich nit den todt des sünders – Sonder das Er sich beker und lebe.« Um das offene Grab liegen die mit Morgenstern, Partisanen und Maurenkappen bewehrten Wächter. Aus weiter Landschaft kommen die Frauen zum Grabe, während hinter dem Bergkamm die Sonne aufgeht.

Die dazugehörige Predella zeigt die Familie Mor mit Lebenden und Verstorbenen. Auf der einen Seite die Männer und auf der anderen die Frauen. Auf niedrigen Schemeln knien sie, mit gefalteten Händen, zu Häupten Name und Alter.

Dell'antico arredamento della cappella faceva parte anche il quadro della «Resurrezione» di Georg Widmann e l'epitaffio di Hieronymus Mor zu Sonnegg.

Georg Widmann era un pittore di Bruneck-Brunico, morto nell'anno 1591; era un modesto artista, del quale si conserva un'altra targa commemorativa del genere per Andrä Emring, curatore di Freising per San Candido-Innichen.

Su uno dei nastri le parole si sono cancellate; sull'altro si può ancora leggere la scritta: «Siccome io veramente vivo, così io non voglio la morte del peccatore, ma che egli si converta e viva.» Intorno alla tomba aperta giacciono i guardiani armati di mazze ferrate, partigiane e morioni (elmi a punta).

Da lontano si vedono arrivare donne verso la tomba, mentre dietro la cresta dei monti sorge il sole.

Sulla annessa predella è rappresentata la famiglia Mor con vivi e defunti. Da un lato gli uomini, dall'altro le donne. Sono inginocchiati su bassi sgabelli con le mani giunte in atto di pregare, e col nome e l'età scritti sopra il capo.

The painting of the resurrection by Georg Widmann and the epitaph of Hieronymus Mor zu Sonnegg are also included in the chapel's old inventory.

Georg Widmann was a painter from Bruneck and he died in 1591, according to Heinrich Waschgler he was a rather modest master of whom a similar memorial tablet for Andrä Emring, freisingish curator of Innichen, is still preserved. The resurrection was obviously influenced by a woodcarving of Albrecht Dürer, as demonstrated by Heinrich Waschgler.

The inscription on one of the bands is extinguished, on the other it says: "As true as I live, I don't want the sinner's death – but that he be converted and live." Armed guards lie around the open grave. From the distant scene women are on their way to the grave, while the sun is rising over the mountain ridge.

The complementary predella depicts the Mor family, the living and the dead. On one side the men and on the other the women. They kneel on low foot-stools with folded hands, above their heads their names and ages.

Als war ich leb. wil ich nit den todt des
Sonder das Er sich beker. vnd lebe.

Kaspar Waldmann (1657–1720)

Von diesem bedeutenden Maler des Frühbarock in Tirol gibt es hierum nicht sonderlich viele Werke. Zu den bedeutendsten gehören sicher das Deckengemälde in der Brixner Hofburgkapelle und das Kuppelfresko in der Marienkapelle zu Neustift. Es ist dies wieder ein Beweis, daß Anton Wenzl künstlerische Qualität durchaus zu schätzen wußte.

Bei den noch vorhandenen Gemälden in Tempera handelt es sich wohl um einen Zyklus zur Verherrlichung des Altarsakramentes. Mittelpunkt ist das Letzte Abendmahl. Die übrigen sechs Bilder, umrahmt von Blumengehängen und Engelsköpfen, zeigen die Verherrlichung und Verehrung der Eucharistie.

Kaspar Waldmann (1657–1720)

Accanto alla cappella c'è un locale, che contiene dei dipinti che fanno parte dell'antico patrimonio della casa, cioè i «Quadri del Sacramento» di Kaspar Waldmann.

Di questo importante pittore del primo barocco nel Tirolo non esistono, specialmente qui intorno, molte opere.

Tra le più importanti sono sicuramente il dipinto del soffitto nella cappella del castello di Bressanone-Brixen e l'affresco della cupola nella cappella della Madonna di Neustift.

E questa è un'altra prova che Anton Wenzl sapeva valutare a fondo la bravura di un artista.

I quadri a tempera ancora esistenti devono appartenere a un ciclo che si proponeva l'esaltazione del Sacramento dell'altare.

Punto centrale è la «Ultima Cena». Gli altri sei quadri, incorniciati da festoni di fiori e teste d'angelo, rappresentano l'esaltazione e la venerazione dell'Eucarestia.

Kaspar Waldmann (1657–1720)

Not many works by this important painter of the early baroque in Tyrol are to be found around here. The ceiling fresco in the chapel of the Bishop's palace in Brixen and the fresco on the cupola of the Marienkapelle at Neustift belong to the most outstanding. This again proves that Anton Wenzl certainly knew to appreciate artistic qualities.

Concerning the still existing tempera paintings one probably deals with a cycle glorifying the altar sacrament. Focal point is the Lord's Supper. The other six pictures, framed by flower garlands and angels' heads, depict the glorification of the Eucharist.

Bezeichnend für die Frömmigkeit des Auftraggebers scheint das Hostienwunder des hl. Antonius von Padua zu sein. Der wortgewaltige Franziskaner (1195–1231) gelangte kurz nach seinem Tod in den Ruf eines großen Wundertäters. Die Fischpredigt und das Hostienwunder zählen zu den bekanntesten Legenden.

Ein Ketzer, nach mittelalterlichem Verständnis vermutlich ein Albigenser oder Waldenser, der nicht an die Eucharistie glaubte, hatte seinen Esel darauf abgerichtet, ungeweihte Hostien zu fressen. Mit Antonius von Padua disputierte er über den Leib Christi. »Mein Esel«, so der Ketzer, »würde tausend solcher Leiber fressen, wenn man sie ihm nur gäbe.« »Mitnichten«, sagte Antonius, »der Leib Christi ist keine Speise für Esel, sondern für die Seelen.« Und sie verwetteten sozusagen ihren Glauben, der Heilige und der Ketzer. Die Entscheidung lag beim abgerichteten Esel. Der Ketzer war siegessicher, als Antonius in Begleitung vieler Menschen den Leib des Herrn brachte. Doch das Tier fiel auf die Knie, weinte bitterlich und hörte erst auf, als die Monstranz in die Kirche zurückgebracht war. Der Ketzer bekehrte sich, wie er versprochen hatte.

Indicativo per la pietà del committente appare il miracolo dell'ostia da Sant'Antonio di Padova. Il francescano dalla parola impetuosa (1195–1231) raggiunse poco dopo la morte la fama di grande taumaturgo.

La predica ai pesci e il miracolo dell'ostia sono annoverati fra le leggende più note.

An indication of the principal's devoutness seems to be given by the miracle of the Host by Saint Anthony of Padua. The rhetorical Franciscan (1195–1231) achieved the reputation of having performed great miracles after his death. The sermon to the fish and the miracle of the Host are among the best known legends.

A heretic, according to medieval perception probably an Albigenser or Waldenser, who did not believe in the Eucharist, had his donkey trained to eat unconsecrated Hosts. He argued with Anthony of Padua about the body of Christ. "My donkey would eat a thousand of those bodies if they were given to him", said the heretic. "Never", said Anthony, "the body of Christ is no food for a donkey but nourishment for the souls."

And they bet, so to speak, their faith, the Saint and the heretic. The trained donkey was to decide. When Anthony, accompanied by many people, brought the Lord's body, the heretic was confident of winning. However, the animal fell on its knees, cried bitterly and only stopped crying when the monstrance was returned to the church. The heretic was converted, as he had promised.

Ein anderes Bild zeigt uns, wie die hl. Klara von Assisi mit einer Monstranz die anstürmenden Sarazenen vertreibt. Der Anführer auf dem sich bäumenden Roß kann den Anblick der Hostie nicht ertragen. Auch der Himmel hilft mit Blitzen, das feindliche Heer zu vertreiben.

Un altro quadro ci mostra coma Santa Chiara di Assisi respinge con un ostensorio un assalto di saraceni. Il comandante, su un cavallo impennato, non può sopportare la vista dell'ostia.

Anche dal cielo si scagliano fulmini che aiutano a respingere l'esercito nemico.

Another picture shows Saint Clara of Assisi driving off the Saracen by holding up a monstrance. The leader on a rearing horse cannot stand the sight of the Host. Heaven also helps with lightning to scatter the hostile army.

Das Thema wird nochmals aufgegriffen. Ein Priester liest die Messe und hebt inbrünstig betend die Hostie. Ringsum tobt eine Schlacht. Es sind Türken – man erkennt die Fahne mit dem Halbmond – und es sind die Kaiserlichen mit dem Adler auf der Fahne. Wiederum schleudert der Himmel Blitze, und die Türken wenden sich zur Flucht. Beim dargestellten Priester – er trägt den Heiligenschein – handelt es sich um den hl. Johannes von Capistrano in der Schlacht von Belgrad (1456). Johannes wurde 1690 heiliggesprochen.

Il tema viene poi ripreso in altri quadri.

Un sacerdote sta leggendo la messa e alza, pregando ardentemente, l'ostia. Tutto intorno infuria una battaglia. Ci sono i turchi, dei quali si vede la bandiera con la mezzaluna, e ci sono gli imperiali con l'aquila sugli stendardi. E anche qui il cielo scaglia fulmini e i turchi si volgono in fuga.

Il sacerdote raffigurato, che porta sopra il capo l'aureola del santo, è San Giovanni da Capistrano, ed eloquente cappellano da campo nelle guerre contro i turchi. Prese parte come cappellano e soldato alla battaglia di Belgrado 1456.

This subject is picked up again. A priest, celebrating Mass, is praying fervently, he raises the Host. All around a battle is raging. There are the Turks – one recognises the banner with the crescent – and the emperor's men with the eagle on their banner. Again, heaven throws lightning from above and the Turks take flight. The priest, depicted bearing a halo, is supposed to be Saint John, (San Giovanni da Capistrano).

Zusammen mit den alten Schlössern und Beschlägen dürften diese bemalten Türen Seltenheitswert haben. Dem unbekannten Maler sind in den Füllungen Landschaften gelungen, die Wanderlust und Südlandsehnen ausdrücken. An Seen und Flußufern ragen Türme und Schlösser auf, an Gestaden sitzen ruhige Fischer.

Le porte, i cui dipinti sotto tutte quelle verniciature, hanno resistito nel tempo. Insieme con le vecchie serrature e le loro guarnizioni di ferro battuto queste porte dipinte potrebbero avere valore di rarità. Lo sconosciuto pittore è riuscito a far rivivere su quei pannelli dei paesaggi che esprimono la gioia del vagabondare e nostalgia per i paesi del sud. Si vedono laghi e rive di fiumi con torri e castelli. Sulle sponde sono seduti dei tranquilli pescatori.

From Mary Howitt's travel reminiscences (1880) we know of the painted doors at "Mair am Hof". They had been painted over during the last decades and have been restored in 1984. The paintings in tempera show classic motifs, castles above river banks or seashores, sedate fishermen and hurrying horsemen.

Der Schrank entsteht getrennt als einfacher Vorratsschrank und als repräsentatives Möbel, wobei besonders die zur Aussteuer gehörenden Brautschränke hervorzuheben sind.

Brautkasten aus Untermoi (1866).

L'armadio nasce separatamente come semplice dispensa per le provviste e come mobile di rappresentanza, sotto il quale aspetto vanno considerati particolarmente gli armadi da corredo che facevano parte della dote delle spose.

Armadio della Sposa, Untermoi Val Badia (1866).

The cupboard evolved as a simple storage chest and separately as a piece of representative furniture, among which the so-called bridal chest, as part of a trousseau, deserves special mention.

Bridal chest from Untermoi (1866).

Anna 8
6 Mellauner 6

Am Überleger der granitenen Türeinfassung steht A 1690 W. Anton Wenzl hat als tüchtiger Unternehmer zuerst, also schon 1690, das Wirtschaftsgebäude errichtet.

Eine große Halle mit Spitzkappengewölbe erschließt die beidseitig gelegenen, ebenfalls gewölbten Stallungen und den Zugang zum Stadel. Sicherlich diente der geräumige Mittelhof zur Unterbringung des Fuhrparks, so wie er auch heute wieder Stellplatz für Landauer, Kutschen und Schlitten ist.

Sull'architrave sormontante gli stipiti di granito della porta si legge: A 1690 W. Anton Wenzl, da bravo imprenditore, aveva costruito dapprima il fabbricato rurale. Un grande padiglione con soffitto a culla con volta acuta, conduce alle stalle, situate ai due lati, pure con soffitto a volta, e dà accesso al fienile.

Sicuramente lo spazioso cortile centrale serviva per riporvi i carriaggi, e anche oggi è il posto dove sono esposti i landò, le carrozze e le slitte.

In the centre courtyard of the large farm building vehicles for excursions, light carriages with velvet or leather covered seats or also the stately landau for solemn occasions used to be parked. Quite conspicuous among these are the old mail coach and two horsedrawn sledges.

Schlitten, vermutlich aus der Werkstatt des Bildhauers Alois Bacher, »Pfleger« in Gais. Der Jugendstil mit der Lotosblume hat auch in den Bereich des Alltags und der Arbeitsgeräte Eingang gefunden.

Slitta, probabilmente dalla officina dello scultore Alois Bacher, maso »Pfleger» a Gais.

L'art nouveau con il suo simbolo, il fiore di loto, è entrato anche nell'ambito dei prodotti artigianali e rustici.

This sledge probably comes from the sculptor Alois Bacher's workshop (on the "Pfleger" farm at Gais).

Notice how the "Jugendstil" (and its lotus-flower) has spread into the sphere of everyday life and tools.

Im Arbeitsjahr der Pustertaler Bauern hebt sich die herbstliche Heimfahrt von der Alm als Fest besonderer Art hervor. Für ein paar Stunden im Jahr wurden Glocken und Kranz aus den Truhen geholt, um die heimkehrenden Tiere zu schmücken. Die Leitkuh trägt einen Kopfschmuck, der insbesondere mit religiösen Zeichen geziert ist.

Große Glocken an Riemen, die mit zierlichen Stickereien in Federkiel reich geschmückt sind, werden den Kühen und Kalbinnen umgehängt.

Ein schönes Almgeläute war der Stolz der Bauersleute und stellte überdies einen hohen Wert da, der dem der ganzen Herde gleichkam.

Nel ciclo lavorativo annuale dei contadini pusteresi ha una posizione di particolare preminenza la festa per il rientro autunnale del bestiame dalle malghe. Per un paio di ore all'anno i campanacci e la corona vengono tolti dalle cassapanche per adornare gli animali che rientrano alle stalle. La vacca regina porta sulla testa una elaborata decorazione recante in particolare simboli religiosi.

A mucche e giovenche vengono messi al collo grossi campanacci appesi a larghi collari di cuoio riccamente decorati con delicati ricami eseguiti con i gambi delle penne di pavone. Un bel completo accordato di campanacci da malga era l'orgoglio del contadino e rappresentava in più un valore notevole, che arrivava talvolta ad eguagliare quello di tutta la mandria.

In the Pustertal farmers' working years, the autumnal homecoming from the alpine meadows stands out as a celebration of a particular kind. For a few hours of the year bells and garlands are taken out of the trunks to decorate the returning animals. The lead-cow wears a headgear which is decorated, particularly with religious emblems.

Large bells on straps, richly decorated with pretty quill embroideries, are hung on cows and heifers. Beautiful bells were the pride of the farmers and furthermore they represented great value, commensurate with that of the whole herd.

Das wichtigste Stück ist ohne Zweifel die große Dreschmaschine aus St. Peter in Ahrn, die »Drendl«. Im Ahrntal gab es früher mehrere solcher Vorrichtungen, Wunderwerke bäuerlicher Technik und doch aus dem Bergwerksleben abgesunkenes Kulturgut.

Mit einer senkrechten Achse von sechs Meter Höhe und 60 Zentimeter Durchmesser dreht sich eine Scheibe mit einem 50 Zentimeter hohen Rand und einem Durchmesser von 4,5 Meter. Seitwärts von dieser Achse stehen in drei waagrechten Führungsschienen 16 Holzstößel, sogenannte Schießer, von zweieinhalb Meter Länge mit einer hölzernen Sohle. Dicht dahinter läuft, ebenfalls waagrecht, der Wellbaum mit 16 Hebarmen, die zum Baum spiralenförmig angeordnet sind, aber so, daß nacheinander jeder Hebarm seinen Schießer aufheben kann. Die Garben wurden so in die große Scheibe gebreitet, daß die Ähren unter die Schießer zu liegen kamen. Man brauchte nur mit einer Gabel zu wenden und abzuräumen, den Rest besorgte die Wasserkraft.

An den Führungsschienen sind vertiefte, schildartige Spruchfelder angebracht.

Im obersten steht zu lesen:

»Betrachte mich und das Meinige
betrachte dich und das Deinige.
Und findest du ohne Tadel dich
dann komm und verachte mich.«

Am mittleren Feld heißt es:

»In meiner ganzen Jugendzeit
hast du mich auch ernährt,
mich froh gemacht und manches Leid
von mir zurückgekehrt.«

Il pezzo più notevole è senza dubbio la grande trebbiatrice di St. Peter in Valle Aurina, la «Drendl». In Valle Aurina c'erano una volta molte di queste macchine, opere meravigliose della tecnica contadina e del patrimonio culturale sedimentato dell'antica attività mineraria.

Su un asse verticale di sei metri di altezza e 60 centimetri di diametro ruota un grande disco dello spessore di 50 centimetri e del diametro di 4,5 metri. Di fianco a quest'asse sono alloggiati in tre guide orizzontali 16 pestelli di legno lunghi 2,5 metri e molto ingrossati in fondi, i cosiddetti «Schiesser».

I covoni venivano distesi sul grande disco, in modo che le spighe venissero a trovarsi sotto i pestelli. Bastava voltarli e rimuoverli con una forca, il resto lo faceva la forza dell'acqua.

Sulle rotaie di guida sono incavate delle caselle a forma di scudo con delle scritte sentenziose. In quella più alta si legge: «Osserva me e quello che faccio, considera te e ciò che fai, e se ti trovi senza biasimo, allora vieni e disprezzami!»

In quella di mezzo si legge: «Per tutto il tempo della mia giovinezza mi hai anche nutrito, mi hai rallegrato e hai allontanato da me più di una sofferenza.»

The most important item, without any doubt, is the large threshing machine from Saint Peter in Ahrn, the "Drendl". Earlier several of such implements existed in the Ahrntal, marvels of rural technology which were inspired by tools used in the mining industry.

A vertical axle, 6 m high and of 60 cm diameter, turns a disk with a 50 cm high rim and a diameter of 4,5 m.

To one side of the axle stand, in three horizontal guide-rails, 16 wooden tappets, so called Schiesser, of two-and-a-half meters length with a wooden base. Close behind runs the lifting beam, also horizontally, with 16 lifting arms arranged in spiral fashion on the beam so that each lifting arm lifts a tappet in sequence. The sheaves were put on the large disk in such a way that the ears were positioned under the tappets. All one had to do was turning and removing the straw with a pitchfork, water power did the rest.

There are recessed plate-like aphorism squares on the guide rails. The top one reads:

»Look at me and mine,
look at yourself and thine,
and if you find yourself without fault,
then come and despise me.«

The aphorism on the middle square reads:

»In all my youth
you also nourished me,
gladdened me,
and averted the occasional grief from me.«

Brunnen von Martin Rainer (Schnals/Brixen) mit der hl. Notburga von Rattenberg (1268–1315), Dienstmagd und Bauernpatronin, die sich durch das Sichelwunder besonders für die Einhaltung des Feierabends eingesetzt hat.

Die hl. Notburga ist eine der ersten Heiligengestalten aus den unteren Volksschichten, die im Mittelalter zur Ehre der Altäre erhoben worden sind.

Am Brunnenrand sitzen Figuren, die als Lebensalter gedeutet werden können.

Fontana di Martin Rainer (Schnals/Bressanone) con l'immagine della S. Notburga von Rattenberg (1268 al 1315), patrona delle serve agricole e dei contadini, che con il miracolo della falce intervenne particolarmente perché venisse osservato il vespro come termine del lavoro.

Well by Martin Rainer (Schnals and Brixen) with the holy Notburga of Rattenberg (1268–1315), servant-maids and farmers' patron who, through a sickle miracle, saw to the observance of the work-free eventide.

The holy Notburga is one of the early saints from the lower classes who was raised to the honour of the altars in the middle-ages.

Das Wohnhaus

Im Pustertal und in vielen anderen Tälern Tirols sagt man Feuerhaus, im Ahrntal »rechtes« (= richtiges) Haus. Es handelt sich hier um das Wohngebäude vom »Höfila« auf Pieterstein in der Gemeinde Mühlwald, das wegen erfolgten Neubaues zum Abbruch bestimmt war. Bis zum Frühjahr 1979 war das Haus bewohnt und mit Leben erfüllt. Die Übertragung ins Museum erfolgte 1979. Der Höfila wird in den alten Urbaren des Klosters Sonnenburg erwähnt. Das einfache Gebäude mit flachem Satteldach und Glockenreiter steht auf gemauertem Sockel (10 x 12 Meter) und ist nicht unterkellert.

La casa di abitazione

In Pusteria e in altre valli del Tirolo si dice «casa con focolare» e in Valle Aurina «casa vera».

Abbiamo ricostruito la parte abitata del masetto «Höfila» di Pieterstein nel Comune di Mühlwald, destinato all'abbattimento, perché era stato costruito un maso nuovo.

Fino al 1979 la casetta era abitata e piena di vita. Il trasporto nel museo ebbe luogo nel 1979. Il maso «Höfila» viene nominato negli antichi libri fondiari del convento di Sonnenburg.

Il semplice edificio con tetto piatto a due spioventi ed essicatoio a campana è posto su uno zoccolo in muratura di dieci metri per dodici e non ha locali interrati.

The dwelling house

In the Pustertal and in many other Tyrolean valleys the dwelling house is called fire-house, in the Ahrntal "rechtes" (= proper) house. The dwelling house that stands here is the so-called "Höfila" from Pieterstein in the municipality of Mühlwald, which was targeted for demolition because a new building had been erected to replace it. The house was occupied and filled with life until the spring of 1979. The transfer to the museum was carried out later in that year. The "Höfila" is mentioned in old documents of the Sonnenburg convent. The simple building with a flat saddle-roof and bell rider (i.e. a small belfry) stands on a brick foundation (10 x 12 m) without excavation.

Durch die von Traufseite zu Traufseite reichende Labe (Flur) wird die Hauseinteilung festgelegt: zu ebener Erde talseitig Stube, Stübele und Küche, bergseitig Gaden und Keller, im Obergeschoß talseitig die obere Stube als Schlafkammer der Bauersleute, um die Jahrhundertwende ebenfalls mit einem Getäfel versehen, die Kuchl- oder Dirn-(Mägde-)Kammer, bergseitig Buben- oder Knechtekammern. Von der bergseitigen Mauer abgesehen, ist das ganze Haus im Blockbau aus Lärchenholz aufgezimmert.

Un largo corridoio da grondaia a grondaia determina la distribuzione dei locali: a piano terra verso valle stube, cameretta e cucina; a monte dispensa e cantina. Al piano superiore verso valle stube, la stanza da letto dei padroni, che intorno alla fine del secolo aveva le pareti rivestite di legno, cucinetta o stanza delle ragazze; a monte camera dei ragazzi e dei familiari.

A prescindere dalla muraglia verso il monte, tutta la casa è costruita con tronchi di larice.

The allocation of the rooms is determined by the Labe (corridor) which reaches from eaves to eaves: on the ground floor, facing downhill, sitting room, living room and kitchen, facing uphill, a room for storing provisions and a cellar; on the upper level, facing downhill, the master's bedroom, around the turn of the century also provided with panelling, the Kuchl or Dirn (= maids) quarter, facing uphill, the boys' or farmhands' quarters. Apart from the uphill-facing brickwork the whole house is built of larch in log construction.

Der einzige rauchfreie und heizbare Raum ist die Stube, der Ofen in diesem Falle von der Labe aus zu beschicken. Hier kann man die Bedeutung der Stube erst richtig einschätzen, angesichts der Rauchküche und der kalten und zugigen Kammern.

L'unico locale che si poteva riscaldare senza fumo era la stube, e la relativa stufa veniva accesa ed alimentata dal corridoio. Qui si può capire l'importanza della stube, di fronte alla cucina piena di fumo e alle stanze fredde e piene di correnti d'aria.

The widest gaps in the walls were plugged with moss or rags were placed between logs during construction; nevertheless, these chambers remained cold and inhospitable rooms with storms sometimes blowing snow into the beds. The only smoke-free room which could be heated was the living room, in this instance the stove was fuelled form the corridor. It is only here that, faced with a smoke-kitchen and the cold and draughty chambers, one can really appreciate the importance of the living room.

Die Küchen der alten Bauernhäuser waren vergleichsweise unwirtliche Räume. Das Feuer am offenen Herd vermochte den Raum nicht zu erwärmen, es erzeugte dafür Rauch und Ruß, der sich als pechschwarze Schicht überall ansetzte. Bei kümmerlichem Licht und sparsamer Einrichtung verrichteten Bäuerin und Mägde ihr langes Tagwerk, das bereits um fünf Uhr früh begann. Neben den Pfannen und Kesseln (z. B. auch Käsekessel) zählten ein Kuchlkastl, ein kleiner Tisch und ein Wassereimer zur spärlichen Einrichtung. In der Küche wurden zur Winterszeit auch Speck und Würste geräuchert.

Due generazioni fa non c'erano né focolari economici né luce elettrica. E soltanto in pochissime case c'era acqua corrente.

Il fumo poteva venire diminuito, preparando della buona legna secca, ma non eliminato del tutto. Perché qui c'entra un po' anche il tempo, la pressione dell'aria, il vento o il sole che batte sul camino.

The kitchens in the old farmhouses were comparatively uninviting places. The open fire used for cooking did not heat the room sufficiently, but produced plenty of smoke and soot that formed a thick, black layer over everything. The farmer's wife and the girls went about their daily business in poor light and with the most basic equipment, beginning at five o'clock in the morning. A kitchen cupboard, a small table and a water bucket, as well as various pots and pans and kettles (the cheese pot, for example), made up the simple scene; and during the winter months bacon and sausages were smoked in the kitchen, too.

Das Wirtschaftsgebäude, allgemein *Futterhaus* genannt, ist zur Gänze in Blockbauweise aufgerichtet und trägt ein flaches Legschindeldach. Zur ebenen Erde reicht ein großer Flur, genauer als Hof bezeichnet, von Traufseite zu Traufseite. Von hier aus gelangt man in die Stallungen, den großen für Rinder und Pferde, den kleinen für Schafe, Ziegen (gehörnte Ziegen wurden angekettet), für Schweine und Federvieh. Auch die Heuschupfe, der Heustock, reichte vom Boden bis zum Dach und war von hier aus bequem zugänglich.

Das Futterhaus stammt aus dem 17. Jahrhundert, doch wurden im Laufe der Zeit einige Veränderungen vorgenommen. Es stand bis Frühjahr 1984 auf Unterpurstoan in Taufers. Neben dem Stadel, in einem Zubau, ist die »Machhütte« eingerichtet, mit einer Hobel- und einer Ziehbank, wo allerlei Gerät gebastelt und Zerbrochenes ausgebessert wurde.

Il fabbricato rustico, chiamato normalmente deposito di foraggio o fienile, è costruito completamente a blocchi (tronchi) e porta un tetto piatto di scandole a stratti.

Al piano terra c'è un grande atrio, chiamato più precisamente corte, che va da uno spiovente all'altro. Da qui si arriva alle stalle: quelle grandi per i buoi ed i cavalli, quelle piccole per le pecore, le capre cornute, che vengono legate con delle catene, i maiali ed il pollame.

The outbuilding, generally called fodder-house, is constructed exclusively by the logcabin method and it has a flat shingle roof. On ground level a large corridor, more exactly described as a yard, stretches from eaves to eaves. From here one reaches the stables, the large one for cattle and horses, the small one for sheep, goats (horned goats were kept chained), pigs and fowls. The barn, reaching from ground to roof, was also easily accessible from here.

The barn dates back to the 17th century, but in the course of time some alterations were made. Until spring 1984 it stood at Unterpurstoan in Taufers. Next to the barn there is an annexe called the "Machhütte" (making hut): it is fitted with a woodworking bench and a lathe and was used as a kind of workshop where various implements were made and broken items repaired.

Zu den Speicherbauten gehört auch die *»Hilge«*, wie die Pfostenscheune im Pustertal genannt wird. Es ist dies ein Blockbau mit kniestockartig vorkragendem Giebel. Das ganze Gebäude ist aufgestelzt, steht also auf Pfosten, die zum Zweck, den Mäusen den Zugang zu verwehren, eingeschnitten sind. Zugänglich ist sie vom Hang her, und auf den beiden Traufseiten befindet sich ein Trockensöller. Solche Pfostenspeicher und Scheunen waren einst im Ahrntal, im Ötztal, in Ridnaun und Schnals verbreitet, vereinzelt auch im Iseltal, wobei der Raum mittleres Pustertal gewissermaßen einen Grenzsaum bildet: westlich die Pfostenscheune, östlich die *Harpfen*, die sich zum Zweck des Trocknens und Nachreifens von Getreide durch das Hochpustertal hin und dann das Drautal hinab in verschiedenen Ausformungen vorfinden.

Dei fabbricati-deposito fa parte anche la «Hilge», come viene chiamato in Pusteria il fienile su pali.

È costruito con tronchi ed ha un frontone sporgente a forma di attico. L'intera costruzione è sostenuta da pali, che sono tutti intagliati a spirale, per impedire ai topi di arrampicarvisi. Vi si accede dal pendio a monte, e da entrambe le parti degli spioventi c'è un balcone che serve come essiccatoio.

Questi depositi e fienili su pali erano un tempo molto diffusi in Valle Aurina, nell'Ötztal, a Ridnaun e in Schnals-Val Senales; ce n'era qualcuno anche nella Valle dell'Isel, dove la media Pusteria forma in un certo senso una specie di confine: a ovest i fienili su pali, a est le rastrelliere, diffuse attraverso l'alta Pusteria giù fino alla Drava in forme un po' diverse, ma sempre con lo scopo di completare la maturazione dei cereali e di farli seccare.

Another part of the storage buildings is the "Hilge", as the barn on posts is called in the Pustertal. It is built of logs with a peculiar protruding gable. The whole building rests on stilts, that is, it stands on notched posts so as to deny access to mice.

Entrance is from downhill; under the eaves a drying balcony runs on both sides. Such stores and barns on posts were once to be found in Ahrntal, Ötztal, Ridnaun and Schnals, here and there in Iseltal as well, the middle Pustertal area virtually forming a bordering seam: to the west barns on posts, to the east the "Harpfen", which are used for drying and ripening grain and assume different forms throughout the Hochpustertal and further down the Drautal.

Als besonders wichtiges Bauwerk darf der *Kornkasten* angesehen werden, zählt er doch zu den ältesten datierten Holzbauten im ganzen Ostalpenraum. Über der Tür hat der Bauer ein Kreuz und die Jahreszahl 1497 eingeschnitten. Das vorkragende Obergeschoß des in gediegener Blockbauweise, aber aus verhältnismäßig schwachen Vierkanthölzern aufgezimmerten Gebäudes entspricht vielleicht wohl nur dem Formgefühl und dem Bedürfnis nach Gliederung. Denn der kleine Vorsprung erbringt weder nennenswerten Raumgewinn noch einen Wetterschutz für den Unterbau, wie die ausgewaschenen und zerfressenen Balken an der Wetterseite zeigen. Der Kornkasten stammt vom Pillegger in St. Peter in Ahrn und wurde im Spätherbst 1978 ins Museum übertragen.

In den Kornkästen waren Truhen eingezimmert, um hier Vorräte aller Art aufzubewahren.

Come pezzo particolarmente importante si può considerare la cassa per il grano, che figura fra i più antichi lavori in legno di tutte le Alpi Orientali.

Sopra la porta il contadino aveva intagliato una croce e l'anno 1497. La sporgenza del piano superiore del fabbricato, una solida costruzione a blocchi, ma con travi squadrate relativamente deboli, non ha uno scopo reale ed è stata voluta forse soltanto per via della forma per il bisogno di articolazione.

Poiché la piccola sporgenza non offre né un sensibile guadagno di spazio, né protezione dalle intemperie per la parte sottostante, come dimostrano le travi dilavate e corrose della parte esposta. La cassa per il grano proviene da maso Pillegger di St. Peter in Valle Aurina e fu trasportata nel museo nel tardo autunno del 1978. Le casse per il grano erano di solito suddivise in cassetti, destinati alla conservazione di provviste di ogni genere.

The Kornkasten (granary) must be considered a particularly important building as it is counted among the oldest dated wooden buildings in the eastern Alps. Above the door the farmer carved a cross and the year "1497". The protruding upper floor of the building, which is constructed in solid log fashion but has carpentry of relatively weak square-cut timber, perhaps just corresponds to a sense of form and the requirements of arrangement. Indeed the small protrusion provides neither additional room worth mentioning nor weather protection for the substructure, as evidenced by the washed-out and weather-worn logs on the side exposed to the weather. The granary comes from Pillegger at Saint Peter in Ahrn and was transferred to the museum in the late autumn of 1978. Troughs were constructed inside the granaries for the storage of all sorts of supplies.

Als Vertreter der großen Anzahl kleinbäuerlicher Hauswesen befindet sich hier das bäuerliche Zuhaus (Austrag) des Hofes Langgarten in Luttach, allgemein beim »Tennign« genannt (Tennign ist eine Verballhornung von Anton). Es handelt sich um einen Einhof, d. h., Wohnen und Wirtschaften sind unter einem Dach vereint. Der Zubau von Stall und Stadel für die bescheidene Viehhaltung stammt aus späterer Zeit. Wohl als Trockenvorrichtung (Kräuter oder Beeren) ist über dem Stall ein erkerartiger Verschlag vorgebaut. Das Wohnhaus steht auf einem Mauersockel, der eine kleine Rader-(Wagner-)Werkstatt beherbergt, und ist größtenteils in Blockbauweise aufgeführt. Vom Haustyp her handelt es sich um ein Eckflurhaus.

Auch hier plätschert ein Brunnen, und ein Kräutergarten ist eingefriedet.

Das Haus, längere Zeit leerstehend und verkommen, wurde 1980 wegen geplanten Neubaues ins Museum übertragen.

Accanto alla casa c'è una croce tra due cirmoli. Essa fu eretta nel 1980 ed è segno e oggetto di devozione popolare profondamente sentita.

Per rappresentare le piccole aziende contadine, che sono numerosissime, abbiamo trasportato nel museo l'abitazione del maso «Langgarten» di Luttach, chiamato comunemente «Beim Tennign» (Tennign è una storpiatura di Anton). Si tratta di un maso unico, cioè abitazione ed attività rurali sono riunite sotto lo stesso tetto. L'aggiunta di stalla e fienile per un modesto allevamento di bestiame è di data posteriore. Sopra la stalla c'è una specie di ripostiglio sporgente come un Erker, che serviva probabilmente per fare essiccare erbe e bacche.

L'abitazione poggia su uno zoccolo in muratura che ospita di sotto una piccola officina da carraio, ed è per la maggior parte costruita con tronchi di legno. Da certe caratteristiche si può pensare che si tratti di una casa con ingresso ed angolo del XVII secolo. L'ingresso è parzialmente in muratura, la cucina ha un soffitto con volta a botte schiacciata.

The hut which is representative of the great number of rural smallholders' homes is the one from the Langgarten farm at Luttach, commonly called at "Tennign" (Tennign being a mutilation of Anton). It is a detached building which provided both dwelling and workplace under one roof. The annexe of stable and barn for modest animal husbandry was added later on. Above the stable there is a bay-like cubicle which was probably designed for drying (herbs or berries). The dwelling floor rests on a brick foundation containing a small wheelwright's shop and is for the most part constructed in logcabin style. Regarding the house type, we are dealing with a corner-corridor construction. Here too a spring splashes water and a kitchen garden is fenced in. The house, a long time vacant and run down, was transferred to the museum in 1980 when a new building was planned in its place.

Ein strohgedeckter *Steildachstadel* im Museum steht als Zeuge eines auslaufenden oder doch stark gefährdeten Bestandes. Waren früher strohgedeckte Bauten über weite Teile unseres Landes hin verbreitet, z. B. auch im Sarntal, Terenten, Pfalzen usw., so gibt es heute nur noch am Salten, im Burggrafenamt, am Ritten und in der Gegend um Kastelruth an die dreißig solcher strohgedeckter Bauten. Mit Ausnahme des Knödelfoasterhofes am Ritten sind es Wirtschaftsgebäude.

Der Stadel stand bis 1983 beim Spatauf in Sarnthein, wurde 1984 in Dietenheim aufgestellt und hier von museumseigenen Kräften eingedeckt.

Il fienile col tetto acuto coperto di paglia è qui nel museo come pezzo solitario a testimonianza di un patrimonio in grande pericolo e prossimo alla scomparsa.

Se una volta le costruzioni col tetto di paglia erano diffuse in vaste zone della nostra terra, per esempio anche nel Sarntal-Sarentino, a Terenten-Terento e a Pfalzen-Falzes ecc., ora ne esistono soltanto ancora una trentina sull'Altopiano del Salten, nel Meranese, sull'Altopiano del Ritten-Renon e nella zona intorno a Castelrotto-Kastelruth e sono tutti fabbricati per uso rurale, eccetto il maso «Knödelfoaster» sul Ritten-Renon.

Il fienile, che fino al 1983 si trovava vicino al maso Spatauf nel Sarntal-Sarentino, fu trasportato a Dietenheim nel 1984 e ricoperto di paglia dal personale del museo.

A barn with a thatched and steep roof stands as a witness to a type of building which has been all but phased out. In days gone by thatched-roof buildings were scattered over wide areas of our country, e. g. in Sarntal, Terenten, Pfalzen, etc., but now there are only about 30 such thatched-roof buildings left at the Salten, the Burggrafenamt, the Ritten and in the vicinity of Kastelruth. With the exception of the "Knödelfoasterhof" at the Ritten they all are functional/service buildings.

The barn stood at the "Spatauf" at Sarnthein until 1983, was re-erected at Dietenheim in 1984 where it was thatched by museum employees.

Zwischen den einzelnen Gebäuden, teils als Sicherung und Abgrenzung freibleibender Wiesenflächen, sind *Zäune* zur Einfriedung der Gärten aufgerichtet.

Fra un edificio e l'altro sono stati innalzati degli steccati, in parte per proteggere e delimitare le superfici a prato, e in parte per recintare gli orti, su modello dei nostri antichi recinti di un tempo e come se ne trovano ancora oggi in qualche valle montana.

Fences were of the utmost importance in economic life; they clarified property boundlaries and promoted neighbourly peace. The domestic animals' stay on open pasture lasted from Georgi (23rd April) until late autumn. The farmer had to keep his fences in good repair.

In very early times fences were made entirely of wood. The form of construction depended on requirements. A popular version was the plait-fence with uprights of split wood (Spälter), which were bound to a cross-piece using heated pine branches. The ring-fence is particular density and can be constructed of horizontally or diagonally placed branches between pairs of poles, held together by rings of fir-twigs.

Zu den ältesten Handwerkern und zu den unentbehrlichsten zugleich zählte der *Schmied.* Auch er behalf sich mit der Wasserkraft, um die schweren Hämmer und den Blasbalg zu bewegen. Das Hammerwerk stammt aus St. Vigil in Enneberg, das Mauerwerk ist Rekonstruktion.

Uno dei più antichi e nello stesso tempo indispensabili mestieri è certo quello del fabbro. Anche'egli si serviva della forza dell'acqua per far muovere i pesanti magli e il mantice.

Il maglio che abbiamo qui proviene da St. Vigil in Enneberg-San Vigilio di Marebbe. I muri sono una ricostruzione.

One of the most ancient and at the same time most indispensable crafts was that of the blacksmith. He too made do with water power to get the heavy hammers and bellows operating.

The tail-hammer plant comes from Saint Vigil in Enneberg, the brickwork is a reconstruction.

Das vom Schmied und Handwerker Gesagte gilt weitgehend auch vom *Müller*. Nur besaßen sehe viele Bauern eine eigene Mühle am Bach und sorgsam gehütete Wasserrechte. Diese Mühle mit zwei unterschlächtigen Wasserrädern ist ein zweigeteilter Raum, wobei sich im hinteren die Gersträndl und der Preßhammer für Leinsamen befinden. Die Rändl mit dem sich im Trog drehenden Stein diente zum Enthülsen der Gerste.

Ciò che si è detto per il fabbro, vale anche per il mugnaio, però moltissimi contadini possedevano un mulino proprio sul loro ruscello e ne custodivano gelosamente i diritti di derivazione dell'acqua. Il mulino che abbiamo qui ha due ruote a gora ed è diviso in due parti; nella parte posteriore c'è la pietra per pilare l'orzo e il pestello per i semi di lino. La pila con la pietra che gira nel trogolo serviva per sbucciare l'orzo dai gusci.

What has been said about the blacksmith goes also, to a large extent, for the miller. However, a great many farmers had their own mill by the brookside and jealously guarded their water rights. This mill with two bottom-fed waterwheels is in a partitioned room whose far end houses the "Gersträndl" (barley peeler) and the press-hammer for linseed. The barley peeler, with its rotating stone in the trough, served to remove the husks from the grain.

Die gleiche Aufgabe erfüllte übrigens auch der Stampf, mit dem jedoch auch Loden gewalkt wurde. Die Zapfen am Wellbaum mit oberschlächtigem Wasserrad hoben vier Bohlen, die dann durch die schräggestellte Führung in den Trog sausten. Viele Bauern besaßen einen »Stampf«, dieser hier gehörte dem Hirber in Rein. Die Übertragung erfolgte 1978.

La stessa cosa si otteneva però anche col pestello, che si usava tuttavia anche per «follare» il loden.

I perni sull'albero della ruota a caduta di acqua sollevavano quattro panconi che poi piombavano per la guida obliqua nel trogolo. Molti contadini possedevano tutto l'occorrente per la pilatura. Quello che c'è qui nel museo apparteneva al maso Hirber di Rein e fu trasportato nel museo nel 1978.

By the way, the "Stampfe" (= stamp) served the same purpose, though it was also used to process coarse cloth. Arms on the shaft of the top-fed waterwheel lifted four tappets which then fell crashing along the sloping guide rail into the trough. Many farmers possessed a "Stampf", this one here belonged to Hirber of Rein. The transfer was made in 1978.

Die älteste wassergetriebene Mühle im Alpengebiet ist die *Stockmühle*. Früher war sie allgemein verbreitet, heute aber selten anzutreffen (z. B. in Kals und in Apriach/Oberkärnten). Das Wasserrad (Löffel- oder Fluderrad) befindet sich unter den Mühlsteinen, deren oberer – der Läufer – durch die senkrechtstehende Radachse angetrieben wird. Ansonsten sind alle Vorkehrungen wie bei anderen Bachmühlen. Diese Stockmühle stand in Weißenbach und wurde 1979 im Museum aufgestellt.

Il tipo più antico di mulino ad acqua nel territorio alpino è il mulino a «blocco». Una volta questi mulini erano molto diffusi, ma ora sono diventati rari. (Ce ne sono, per esempio, a Kals e ad Apriach, nell'alta Carinzia.) La ruota, a cucchiaio o a gora, si trova sotto le mole, di cui quella di sopra, il cosiddetto «Läufer», viene fatta girare dall'asse verticale della ruota.

Per il resto, gli altri congegni sono come negli altri mulini ad acqua. Il mulino a blocco che abbiamo qui nel museo era a Weissenbach e fu trasportato qui nel 1979.

The oldest water-driven mill in the Alps is the shaft mill. Earlier they were widely distributed, but today they are rarely found (e.g. at Kals and Apriach/Oberkärnten).

The waterwheel (spoon or winged wheel) is positioned under the millstones of which the upper (the runner) is driven by the vertical wheel-axle. Otherwise, all arrangements are the same as for other brook mills. This shaft mill stood at Weissenbach and was placed in the museum in 1979.

Im Rahmen der Holzwirtschaft spielten die *Sägewerke* eine nicht unerhebliche Rolle. Sehr häufig gingen die Menschen mit dem Holz verschwenderisch um, indem sie mit Beil und Hacke aus großen Stämmen Balken, Bohlen und Bretter hackten. Im Hochmittelalter begann man, die Wasserkraft für diese Zwecke zu nutzen. Insbesondere dürften es Holzhändler aus dem Venezianischen gewesen sein, welche die Technik verbesserten. Die Bezeichnung »Venezianergatter« hat sich bis heute erhalten. Es braucht viel Wasser, um das liegende Rad rasch genug zu treiben, dann mittels eines Pleuels (Werfel) den Gatter, in den das Sägeblatt eingespannt ist, in senkrechte Bewegungen zu versetzen.

Mit einem Rüttelwerk wird der Wagen mit dem Baumstamm in leicht ansteigender Richtung gegen das Sägeblech gezogen.

Dieses Sägewerk gehörte zum Veidler auf Zösen bei Lappach. Die Übertragung erfolgte nach mannigfachen Aufregungen im Spätherbst 1979.

Nel quadro dell'economia del legname le segherie hanno avuto un ruolo rilevante.

Molto spesso la gente sprecava il legname, lavorando i grossi tronchi con asce e accette per ricavarne travi, panconi e tavolame. Nell'Alto Medioevo si cominciò ad utilizzare la forza dell'acqua per lavorare i tronchi. È probabile che siano stati dei mercanti di legname di Venezia a perfezionare la tecnica della segheria. Infatti il termine «sega veneziana» è usato ancora oggi.

Ci vuole molta acqua per azionare con sufficiente velocità la ruota orizzontale, che per mezzo di una grossa biella trasmette un movimento verticale al telaio che porta la sega.

Con un congegno vibrante la slitta che porta il tronco viene spinta in leggera salita verso la sega.

La segheria che abbiamo qui nel museo, apparteneva al maso Veidler di Zösen presso Lappach. Il trasporto avvenne, non senza emozioni e peripezie varie, nel tardo autunno del 1979.

In the High Middle Ages one began utilising water power for such purposes. In particular timber merchants from the Venetian country appear to have improved the technique. The description "Venezianergatter" (Venetian grate) has been preserved up to this day.

Much water is needed to drive the horizontally arranged wheel fast enough for it to cause the grate, which is fitted with the saw-blade, to move vertically by means of a connecting rod. A jig drags the carriage with the tree trunk in slightly ascending direction against the saw-blade.

This saw-mill belonged to Veidler of Zesen near Lappach. After some considerable excitement, the transfer was completed in late autumn 1979.

Zu den vielen Sonderformen und Ausprägungen der bäuerlichen Wirtschaft gehören die *Almen*. Auch wir hier im Lande kennen große Gemeinschaftsalmen, dann Almdörfer (z. B. Fane in Vals, Knutten und Jagdhaus), die Schwaigen im Schlerngebiet und die Hochalmen im Pustertal und seinen Nebentälern.

Im Museum haben wir eine Almform, wie sie bei den Ladinern noch gebräuchlich ist, soweit sie ihre weiten und würzigen Bergwiesen noch in traditioneller Form bewirtschaften. Es ist ein Heustadel in Blockbauweise mit Rundholz gezimmert, darunter ein kleiner Stall und daneben eine kleine Kochhütte. Diese Gebäude stammen aus Untermoi und Campill und wurden 1984 und 1985 aufgestellt.

Vielerorts besitzen unsere Bauern große gestaffelte Almen mit Unterhütte und Oberhütte. Häufig bestehen die Almen aus mehreren Gebäuden, Sennhütte, Stallungen, Schupfen usw.; seltener ist die Form, wo alles unter einem Dach vereinigt ist. Unten findet sich der Stall für die Milchkühe und Kälber, oben Kochraum, Stübele, das gleichzeitig als Schlafstelle dient, gelegentlich ist auch noch eine Vorratskammer für Milch umd Almgetreide vorhanden. Eine solche Almhütte ist die Oberalm vom Untergasser in Mühlwald, und sie wurde wegen geplanten Neubaues zum Abbruch freigegeben. Die Übertragung ins Museum erfolgte im Herbst 1985.

Tra le molte peculiarità che contraddistinguono l'economia rurale ci sono le malghe. Anche da noi ci sono delle grandi malghe gestite in comune, cascinali alpestri (per esempio Fane in Vals, Knutten e Jagdhaus), le casere nella zona dello Schlern e le malghe alte in Pusteria e vallate laterali.

Qui nel nostro museo abbiamo un tipo di malga che è ancora in uso tra i ladini, fino a quando essi continueranno a tenere i loro vasti e preziosi prati montani in maniera tradizionale.

Un fienile costruito con tronchi tondi, con sotto una piccola stalla e vicino una capanna che serve da cucina.

Questi fabbricati provengono da Untermoi e Campill e sono stati ricostruiti nel museo nel 1984 e 1985.

In molti posti i nostri contadini dispongono di malghe scaglionate con malga di sotto e malga di sopra.

Spesso le malghe sono composte da numerosi edifici: caseificio, stalle, tettoie ecc. Più rare sono quelle dove tutto è riunito sotto un unico tetto. Sotto la stalla per le vacche da latte e i vitelli, sopra cucina, cameretta che serve anche per dormire.

Qualche volta c'è anche una dispensa per il latte e per il grano della malga.

Questa qui nel museo è la malga di sopra del maso Untergasser di Mühlwald, destinata alla demolizione perché ne era stata progettata una nuova. Fu trasportata nel museo nel 1985.

Among the many particularities and manifestations of rural work one must count the alpine meadows. In this country too large alpine commons can be found, so can Alm villages (e.g. Fane in Vals, Knutten and Jagdhaus), the "Schwaigen" in the Schlern district and the high pastures in the Pustertal and its side-valleys. In the museum we display a form of "Alm" which is still used by the Ladins, at least by those who have continued to farm their wide and fragrant mountain meadows in the traditional way.

There is a hay-shed of round timber, in log-cabin construction, with a small cow-shed below and a small kitchen hut next to it. These buildings are from Untermoi and Campill and they were put up in 1984 and 1985.

At many places our farmers own large staggered alpine meadows with upper and lower huts. The Alms often comprise several buildings, chalet, cowsheds and various other shelters; it is rather unusual to find an all-in-one building. The cowshed for dairy cows and calves is then on the ground floor whereas on the first floor there is a small living room which serves at the same time as sleeping quarter, and sometimes there is also a storeroom for milk and alpine corn.

Such an Alm-hut is the one from the Oberalm of Untergasser of Mühlwald which was about to be demolished after a new building had been planned. Its transfer to the museum took place in the autumn of 1985.

Der betrachtende Gang durch ein solches Museum führt unsere Gedanken auch zurück zu den Wurzeln, aus denen sehr viele von uns ihre Herkunft ableiten, nämlich vom Bauernstand.

Un giro contemplativo attraverso un museo come questo riconduce i nostri pensieri alle radici dalle quali moltissimi di noi traggono origine, cioè dal ceto contadino.

The contemplating walk through such a museum carries our thoughts back to the roots to which many of us can trace their descent, namely those of the country folk.